Chère lectrice,

C'est la rentrée! On reprend le chemin du travail, de l'école... et de l'hiver. Mais!... savourons encore l'été finissant et l'automne doré, qui nous apportent une moisson de douces journées et d'heures exquises de lecture. En compagnie de Rouge Passion, bien sûr!

Ce mois-ci, ce ne sont que situations fascinantes et circonstances étonnantes. Karen, qui a fui Sam sans un aurevoir ou presque, se retrouve coincée avec lui dans un motel, par la faute d'un ouragan, et *A la merci du passé* (1081). Pour son bonheur?... La très jolie Niki est proclamée contre son gré Plus Belle Fille du Grand Ouest, et refuse son titre, au grand dam de Clay Russel qui n'a jamais vu une fille renoncer à une carrière de top model. Il se fait fort de l'amener à changer d'avis. Et de vie? (« *Et la gagnante est...* », 1083). Angie, prise dans le tourbillon des événements, a épousé dans l'urgence un parfait inconnu. Quel homme va-t-elle découvrir, à la faveur de ces singulières épousailles? C'est ce que vous dira *Mariage et conséquences* (1085). Quant à Maria Elena, *La fugitive de Belle Terre*, qui revient sur les lieux de son passé et de son premier amour, elle devra affronter ceux qui voudraient la chasser de nouveau, et aussi ses propres démons.

Si nous parlions un peu des hommes, maintenant? *Sous la menace*, votre « suspense » du mois (1082), brosse le portrait d'un étrange et séduisant agent du FBI, dont Zara ignore s'il est mandaté pour la protéger... ou l'éliminer. Mais, chuuut... Bébé dort. Enfin! *Berceuse pour un séducteur* (1084), votre roman signé « Un bébé sur les bras », vous attend pour plonger avec Dylan dans les péripéties d'un célibataire branché aux prises avec une adorable petite fille.

Bonne lecture,

Berceuse pour un séducteur

LEANDRA LOGAN

Berceuse
pour un séducteur

COLLECTION ROUGE PASSION

Cet ouvrage a été publié en langue anglaise sous le titre :
OH, BABY !

Traduction française de
DANY OSBORNE

HARLEQUIN ®
est une marque déposée du Groupe Harlequin
et Rouge Passion ® est une marque déposée d'Harlequin S.A.

Toute représentation ou reproduction, par quelque procédé que ce soit, constitue-rait une contrefaçon sanctionnée par les articles 425 et suivants du Code pénal.
© 1999, Mary Schultz. © 2001, Traduction française . Harlequin S.A.
83-85, boulevard Vincent-Auriol, 75013 Paris — Tél. . 01 42 16 63 63
Service Lectrices — Tél : 01 45 82 47 47
ISBN 2-280-11850-5 — ISSN 0993-443X

1.

— Nom d'un chien, Garrett, ton mariage m'épuise tellement que, s'il s'agissait du mien, ce ne serait pas pire !

L'air éreinté, Dylan Johnson se tenait en équilibre précaire sur un trottoir où les passants le bousculaient sans vergogne devant l'un des plus grands magasins de New York. Dans ses bras, il avait accumulé des paquets, des boîtes, des sacs dont le poids semblait avoir peu à peu raison de sa force physique.

A côté de lui et tout aussi chargé, Garrett McNamara, son ami d'enfance, le regarda en riant.

— Pourquoi ? Tu envisages de te marier ? Tu vas enfin franchir le pas ?

— Dieu m'en préserve ! Le célibat me va comme un gant.

— En tout cas, il est bien pratique pour tes copains : combien de fois as-tu été garçon d'honneur depuis qu'on a quitté le collège, Dylan ? Une vingtaine, au moins. Tu es le dernier représentant d'une race en voie de disparition : un cœur à prendre.

Indéniablement. Mais un cœur qu'il préservait jalousement de toute intrusion sentimentale. Ses amis se casaient peu à peu, mais lui, il tenait bon contre vents et marées... contre toute attaque féminine en règle plus exactement. Il changeait de petite amie dès qu'il voyait pointer le vilain museau de l'engagement. Trois petits tours, et hop! il troquait sa partenaire contre une nouvelle tout aussi affriolante. Tenir le rôle de témoin lors des noces de ses copains ne le troublait jamais. Enfin, d'ordinaire. Car le prochain mariage de Garrett présentait une particularité de taille : la fiancée était sa jeune sœur, Shari.

Bon, d'accord, elle avait vingt-six ans. Ce n'était plus un bébé. Et Garrett serait un bon mari : quelle femme n'aurait pas aimé ce crack de la haute finance, aux relations impressionnantes, à même de garantir à sa future épouse un avenir pavé d'or? N'empêche, pour Dylan, Shari n'avait pas grandi, encore moins vieilli au point d'envisager de devenir mère dans l'année à venir. Elle restait sa petite protégée, et l'imaginer vivant avec Garrett, une alliance au doigt, le plongeait dans des abîmes de tristesse.

— Shari habite avec moi depuis plus d'un mois, dit Garrett comme s'il avait lu dans les pensées de son ami. Tu devrais commencer à t'habituer à la situation!

— Je le sais bien. Je m'y fais petit à petit.

— Avoue que tu as du mal à admettre qu'elle en a marre que tu fourres toujours ton nez dans sa façon de gérer le Club, que tu l'assommes de conseils et d'avertissements et...

— Oh, arrête, Garrett! Si elle n'avait pas tenu le Club, tu n'aurais pas eu l'occasion de lui faire la cour! Tu venais soi-disant me voir, mais en fait c'était elle que tu guignais! Et maintenant, tu veux me l'enlever!

— Mais non, Dylan. Elle continuera à bosser avec toi. Je n'ai rien contre. Elle ne laissera pas tomber l'établissement fondé par votre grand-père! Mais il faut que tu sois indulgent en ce moment : elle a l'esprit encombré d'un nombre incalculable de problèmes inhérents à la cérémonie. C'est pour ça qu'elle est venue habiter avec moi : finies, ainsi, les corvées de cuisine, lessive ou ménage. Mon personnel s'occupe de toute cette intendance, et Shari peut se décontracter un peu. Si elle était restée avec toi, elle aurait craqué, dans cette immense baraque que vos parents se sont empressés de quitter pour un appartement en Floride dès qu'ils ont été à la retraite !

— Allons, Garrett, tu sais très bien que Shari et moi, nous avons délaissé la maison depuis belle lurette pour nous installer dans deux appartements au-dessus du Club. N'empêche, même mon studio me semble bien vide, sans elle...

Dylan s'interrompit, le temps de scruter Lexington Avenue. Cette discussion l'ennuyait, et il avait hâte d'y mettre un terme.

— Où est ta limousine ? Ton chauffeur l'a jetée dans l'Hudson ?

— Je l'appelle immédiatement, dit Garrett en sortant un téléphone cellulaire de sa poche.

Quelques mots et un instant plus tard, une Mercedes noire se garait le long du trottoir.

— Pas trop tôt ! lança Dylan. Le poids de ces paquets me brisait le dos !

— Toi, tu as mal au dos ? Le meilleur joueur de basket-ball du collège est devenu un pauvre gars aux vertèbres fragiles ?

— Si ça n'avait pas été pour rendre service à Shari, je peux te garantir que j'aurais épargné mes vertèbres, oui.

— Mais Shari avait des rendez-vous. Et le trac parce qu'elle allait affronter ma mère. Elle craint toujours de lui déplaire alors que maman l'adore.

Dylan appréciait cette femme énergique qu'il connaissait depuis son enfance. Mais Shari avait rarement eu l'occasion de la rencontrer avant les fiançailles et s'inquiétait, trop influencée par les préjugés sur les mauvaises relations entre belle-mère et belle-fille.

— Ah, voici Charles avec la voiture ! lança Garrett en s'approchant du bord du trottoir.

Un sexagénaire en costume sombre descendit du véhicule et s'empressa d'ouvrir le coffre. Garrett et Dylan y déversèrent leur chargement avec soulagement.

— Voilà une bonne chose de faite, dit Garrett en se frottant les mains. Ton invitation à déjeuner tient toujours ?

— Bien sûr.

Garrett donna à son chauffeur les consignes concernant le rendez-vous de l'après-midi, puis la somptueuse berline se coula dans le trafic de Lexington Avenue.

Avec délectation, Dylan plongea ses mains enfin vides dans ses poches. Maintenant, il appréciait la foule de piétons déambulant devant les magasins, prenait le temps de regarder les femmes, le faisant même sans vergogne, au point que Garrett le sermonna.

— Un peu de discrétion, voyons !

Dylan sourit. Son ami avait toujours été un modèle de bonne éducation, un gosse de riches, mais dépourvu de tout snobisme, de toute présomption et surtout de tout préjugé. Il s'était donc lié avec Dylan sans difficulté, admirant l'athlète et restant indifférent à ses humbles origines sociales. Pour ne pas se séparer après le collège, ils avaient choisi une université acceptant les boursiers comme Dylan, alors que le père de Garrett aurait préféré voir son fils s'inscrire à Harvard. Leur cursus avait été excellent, sanctionné par un diplôme en mathématiques et économie, mais douze ans après la remise de leurs lauriers, ils restaient physiquement aussi différents qu'au temps où ils fréquentaient l'école primaire. Garrett privilégiait les costumes griffés, les chemises de soie et les mocassins italiens, alors que Dylan ne concevait pas la vie autrement que vêtu d'un jean et d'un blouson de cuir noir, dont la teinte mettait en valeur ses cheveux blonds toujours un peu trop longs et ses yeux d'un bleu électrique.

Ils marchaient en silence depuis quelques minutes quand Garrett s'enquit de l'endroit où son ami entendait l'inviter.

— En souvenir du bon vieux temps, à Central Park. Nous ferons la tournée des marchands ambulants, nous nous gaverons de hot dogs et de sandwichs au salami et cornichons, comme quand nous étions mômes. Ce sera ton dernier écart diététique, Garrett, car Shari te composera des menus selon les normes prescrites par les meilleurs nutritionnistes.

Garrett paraissant ravi du choix de son ami, ils entrèrent dans le parc et firent leur première halte devant un stand où l'on cuisait des hamburgers dans une odeur de graillon. Leur petit pain dégoulinant de graisse entre les doigts, ils allèrent s'asseoir sur la pelouse.

— Voilà qui me change de mes habituels déjeuners d'affaires dans des restaurants français, dit Garrett en mordant allègrement dans le pain.

— Shari saura te rendre le goût des plaisirs simples et authentiques, mais tu n'auras pas droit aux hamburgers.

— C'est vrai qu'elle sait me décontracter, m'amener à prendre la vie avec plus de légèreté.

— Voilà qui est très positif.

— Oh, arrête, Dylan, tu n'as guère de leçons à me donner dans le domaine du boulot. Tu es un vrai stakhanoviste. Sous ce T-shirt à l'emblème de ton Club bat un cœur d'acier qui ne s'anime que pour le travail.

Dylan ne trouva aucun argument à opposer à son ami. Comment nier que depuis des années il se consacrait corps et âme et vingt-quatre heures sur vingt-quatre à l'entreprise familiale ? Il avait fallu la défection de Shari pour cause de grand amour et de désir de mariage pour lui dessiller les yeux : il en faisait trop, et sa vie privée se réduisait à la portion congrue. Au fil du temps, il s'était laissé prendre dans un engrenage qui réduisait son horizon à ses affaires. Dans lesquelles il réussissait fort bien.

Mais à l'intérieur de lui-même, il avait l'impression que tout ce qui avait trait à l'émotion, aux sentiments, à l'ouverture vers autrui s'était... racorni. Il se sentait desséché.

Et heureux de l'être, bon sang ! conclut-il à part lui. Il avait privilégié l'ambition, n'est-ce pas ? Alors pourquoi regretter quoi que ce soit ?

— Dylan, en dehors de t'occuper du Club, que fais-tu ?

— Euh... Du basket, du jogging, je vais au cinéma de temps à autre, tu le sais aussi bien que moi.

— Passionnant. Et tu consacres à ces activités... une heure par semaine, pas davantage. Une prouesse.

— Tu sais bien que la réfection du Club m'a pris chaque minute de ma vie pendant des mois !

— Mais elle est finie maintenant. Tu pourrais souffler un peu.

— Sans Shari...

— Nous y voilà. Sais-tu que ta sœur se ronge

d'angoisse pour toi ? Te laisser seul aux commandes la perturbe, Dylan. Elle a peur que tu ne te tues à la tâche. C'est pourquoi elle a décidé de continuer à travailler après notre mariage. Elle ne veut pas t'abandonner.

— Elle a tort, et je le lui dirai. Qu'elle se consacre à sa nouvelle famille, je me débrouillerai. J'adore le Club. Plus que le sport ou le cinéma. Quel mal y a-t-il à ça ?

— Tu te fermes au reste du monde.

— Tu trouves qu'être en relation avec des dizaines de pâtissiers à travers tout le pays, de producteurs de cafés d'exception en Amérique du Sud, de mémoriser le visage et le nom des clients, ce n'est pas être ouvert au monde ?

— Shari et toi, vous avez organisé le Club de manière à ce que les gens y fassent des rencontres dans des conditions idéales : romantiques, confortables, discrètes, et en même temps très conviviales. Shari a ainsi pu se rendre compte que le vieux pote de son frère, Garrett, ferait un bon mari. Mais toi ? Pourquoi n'accordes-tu pas la moindre attention aux jolies filles qui viennent au Club et te regardent avec des yeux énamourés ?

De nouveau, Dylan ne sut que répondre. Garrett disait vrai. Il se montrait aimable mais distant avec toutes les clientes célibataires. Peut-être à cause d'Allison Walker, l'adorable blondinette aux immenses yeux pervenche qu'il n'avait jamais pu oublier. Depuis l'adolescence, il avait cru dur comme fer qu'elle deviendrait sa femme. Jusqu'au jour où elle avait rencontré Ted Zane, un crack de dernière année au collège. Ted deviendrait vedette à Hollywood, lui avait-elle annoncé, et elle était prête à le suivre là-bas et même au bout du monde s'il le fallait. Quelques mois

13

plus tard, Allison était partie avec Ted pour ne jamais revenir. Et la blessure qui s'était ouverte dans le cœur de Dylan ne s'était jamais refermée.

Il aurait pu raconter cela à Garrett qui attendait manifestement une explication, mais il se tut. Révéler que ses rêves avaient été réduits à l'état de cauchemar lui coûtait trop. Allison représentait pour lui la femme idéale, la seule qu'il eût jamais voulue auprès de lui sa vie durant. Comparées à elle, toutes les autres lui semblaient mièvres, dépourvues d'intérêt. Il était l'homme d'un seul amour, se rendait-il compte, et jamais il ne guérirait de celui qu'il vouait à Allison.

Mais c'eût été montrer sa faiblesse que de l'avouer à Garrett. Il préférait préserver son image de célibataire impénitent allant d'aventure en aventure.

— Je n'utiliserai pas les clientes du Club pour collectionner les femmes, Garrett. Ce serait indécent. Je me ferais l'effet d'un entremetteur prélevant sa dîme.

Sur ces mots, Dylan se leva pour aller chercher des gobelets de café et un paquet de guimauves.

— Tu entends cette musique ? remarqua Garrett lorsqu'il revint. Le carrousel... On y draguait les minettes quand on avait quatorze ans ! Allez, viens, allons retrouver nos souvenirs !

A contrecœur, Dylan le suivit jusqu'au manège.

— Je n'ai pas beaucoup de temps, Garrett : j'attends un fournisseur au Club et...

— Arrête ! Sois cool ! Regarde les chevaux de bois... Tu te rappelles cette adorable gamine qui te faisait écarquiller les yeux d'émerveillement ? Comment s'appelait-elle, déjà ? April ?

— Non. Allison.

— Mais oui ! Allison Walker. Vous avez rompu quand tu étais en terminale. Elle est partie avec Ted

14

Zane, la future star du septième art... As-tu eu des nouvelles de ta dulcinée ?

— Sa mère a quitté la ville, mais auparavant elle avait raconté qu'Allison travaillait comme gouvernante. Nurse, pour être exact.

— Drôle de job pour une fille qui avait tant d'ambition, dévalisait les rayons maquillage du supermarché et s'habillait à la dernière mode malgré ses moyens limités : elle gardait déjà des gosses à l'époque pour gagner quatre sous. Et elle a continué, si je comprends bien... Grandeur et décadence, non ?

— Tu exagères. Allison était coquette, mais elle ne se prenait pas pour une future vedette. C'était le rêve de Ted, pas le sien.

— C'est ce que tu penses. Mais tout le monde disait qu'Allison vivait dans un monde d'illusions qui à terme la conduirait à la solitude.

— Elle m'avait, moi. Si elle était restée, jamais elle n'aurait connu la solitude. Bon, on y va, Garrett ?

La vision du carrousel qui tournait devant lui lui brisait le cœur. Il revoyait Allison à quatorze ans, ses longs cheveux attachés en queue-de-cheval, riant comme une enfant sur les chevaux de bois. Et lui, il l'attendait, patiemment, car elle attrapait toujours le pompon, ce qui lui permettait de gagner des tours gratuits.

Quelques années plus tard, devenue adulte, elle avait gardé la nostalgie du carrousel et, les soirs d'été, y entraînait Dylan qui refusait obstinément d'y monter par crainte du ridicule. Mais la jeune fille de dix-huit ans n'avait cure du regard des autres et se laissait porter avec allégresse par les chevaux au mors peint en doré et aux crinières rousses.

Apparemment, se dit-il, à en juger par la foule

agglutinée autour du vieux manège, Allison n'était pas la seule à aimer cette attraction désuète : les mères installaient leurs enfants sur les selles, plaçaient leurs petites mains sur la barre, puis contemplaient avec un évident plaisir le défilé des chevaux de bois.

Comme cette toute jeune femme, là-bas, qui se remarquait dans la foule avec ses cheveux couleur de miel... Elle ressemblait tant à Allison que Dylan se déplaça légèrement, se rapprochant d'elle... et du bébé qu'elle portait dans ses bras.

Soudain, il se figea sous le choc. La jeune femme ne ressemblait pas à Allison : elle *était* Allison !

Incrédule, il se frotta les yeux, puis accommoda sa vision. Non, il ne se trompait pas. Allison Walker était bel et bien là, serrant un nourrisson contre elle.

Il fit encore un pas, puis deux, de manière à ce qu'elle le vît lorsqu'il la hélerait. Estimant enfin qu'elle ne pouvait pas ne pas l'apercevoir au milieu de la foule, il leva la main et cria.

— Salut !

L'interpellation la fit sursauter. Elle balaya les alentours du regard, tourna les talons et, finalement, se fondit dans un groupe de gens.

Pris de panique à l'idée qu'elle allait disparaître, Dylan se précipita avant de piler net en s'avisant qu'il avait dû rêver. L'endroit s'y prêtait. Trop de souvenirs y étaient reliés. La jeune maman blonde avait créé une troublante illusion. Une illusion qui le laissait en sueur.

Il s'était trompé. Et pourtant, une lancinante voix intérieure lui affirmait le contraire. Alors il sauta sur la plate-forme du manège qui tournait et resta là, debout, à scruter la foule au fur et à mesure de la rotation. La jeune mère portait une veste rouge, et un bandeau rose lui retenait les cheveux. Fébrilement, il chercha parmi

16

la nuée de têtes celle qui arborerait une chevelure d'or maintenue en arrière par un serre-tête fuchsia.

Deux tours de suite, il resta sur la plate-forme, évitant le regard courroucé du patron du manège, et, finalement, sauta à terre à hauteur de Garrett.

— Que se passe-t-il ? On dirait que tu as vu un fantôme !

— Non, non. Juste quelqu'un que je connaissais. Enfin, du moins, je le pensais.

— Eh bien, en tout cas, c'était quelqu'un que tu ne voulais pas laisser échapper, pour avoir eu le culot de monter sur le manège au milieu de tous ces gosses !

Nerveusement, Dylan se passa une main dans les cheveux, tentant de lisser ses boucles rebelles. Il savait que son ami ne se tromperait pas sur le sens de ce geste : il le faisait toujours quand il était embarrassé. C'était un tic qui lui permettait de gagner du temps avant de répondre à une remarque qui le troublait.

Il apprécia la discrétion de Garrett qui n'insista pas, malgré son regard interrogateur.

Qu'aurait-il pu lui dire ? Qu'il avait cru voir celle qu'il n'avait jamais oubliée, et que son corps et son cœur s'étaient émus comme autrefois lorsqu'il se trouvait face à Allison Walker ? Mais Garrett se serait peut-être moqué de lui, car il ignorait tout de cette vieille douleur qui l'affligeait depuis le départ d'Allison ; sans doute pensait-il que la jolie blonde ne représentait qu'une amourette de jeunesse et ne pouvait inspirer l'amour avec un grand A comme celui que lui-même éprouvait pour Shari.

A pas lents et en silence, Dylan s'éloigna du manège tout en se raisonnant.

A quoi bon regretter de n'avoir pas retrouvé la jeune femme ? se dit-il. Même s'il s'était agi d'Allison, que lui aurait-il dit ? « Bonjour ? Comment vas-tu ? Qu'as-tu fait au cours des dix années écoulées ? »

Non. En fait, il n'aurait pu se retenir de lancer d'emblée la question qui le hantait depuis une décennie : « Pourquoi m'as-tu quitté ? »

D'ailleurs, s'objecta-t-il, peut-être avait-elle fait semblant de ne pas le reconnaître pour mieux le fuir, précisément, parce qu'elle avait eu peur de cette terrible interrogation énoncée d'un ton accusateur qu'il n'aurait pas manqué de lui assener.

Oui, finalement, Allison avait bien fait de quitter les lieux. Il était normal qu'elle n'ait pas la moindre envie de se trouver devant un procureur exigeant des justifications. Elle avait sa vie, et Dylan Johnson appartenait au passé. Pourquoi aurait-elle pris le risque d'une discussion tournant en dispute au beau milieu de Central Park, alors que son mari, le père du bébé, se trouvait certainement à proximité ?

Un lourd soupir souleva la poitrine de Dylan. Depuis dix ans, il cherchait à comprendre. Il aurait donné n'importe quoi pour avoir une conversation avec Allison, découvrir ce qui l'avait poussée à rompre, aussi brutalement, aussi peu élégamment. Quels qu'aient été ses torts, quels que fussent les griefs de la jeune femme, il aurait aimé les connaître.

Car c'eût été pour lui le seul espoir, une fois les choses clarifiées, d'être enfin libéré de cette emprise qu'exerçait toujours la jeune fille sur son cœur, et qui l'empêchait de se construire un avenir, de fonder une famille, en un mot, d'en aimer une autre.

2.

— Il n'y a pas d'erreur, Nanette : bébé Rachel est vraiment une Cantor.

En entendant ces mots, Allison Walker, qui se trouvait sur le balcon de la somptueuse maison des Cantor, recula. Elle avait reconnu la voix de Marcus Cantor, mais son intonation la troublait : enrouée, bouleversée. Jamais, depuis huit mois qu'elle travaillait chez lui comme nurse de la petite Rachel, elle ne l'avait entendu s'exprimer de cette manière.

Discrètement, elle se pencha un bref instant en avant et aperçut Nanette Cantor, en Bikini sur la terrasse surplombant l'océan.

— Tu as vraiment procédé à toutes les vérifications, Marcus ?

— Oui, Nanette. Plutôt dix fois qu'une. Les résultats de l'analyse d'A.D.N. sont indéniables. Bon sang ! Moi qui me croyais le dernier des Cantor, l'héritier d'oncle Howard, voilà que cette Rachel va me spolier de ce qui m'appartient !

Au retour de sa promenade au parc avec Rachel, Allison avait prévu de se manifester auprès de ses employeurs. Mais auparavant, elle était montée à l'étage pour coucher l'enfant dans son berceau. Et

19

c'était à ce moment-là qu'elle avait surpris l'échange entre Marcus et sa femme.

Inquiète à l'idée d'être découverte, elle jeta un coup d'œil au bébé qui, heureusement, dormait à poings fermés et n'attirerait donc pas l'attention.

Pauvre petite fille, songea Allison, émue à la pensée que cette orpheline de père et de mère ne recevrait peut-être jamais d'affection.

— Ton cousin Brian a toujours été affirmatif, dit la voix de Nanette. Il était certain que sa petite amie Stacy n'avait pas connu d'autre homme que lui. Quand Rachel est née, il l'a même déclarée en mairie comme étant sa fille !

— Oui, mais tant que l'A.D.N. n'avait pas été analysé, nous avons douté. Souviens-toi : Brian voulait tellement un enfant que nous l'avons soupçonné de s'approprier la gamine d'un autre. Mon oncle Howard sera fou de joie d'apprendre qu'il a une petite-fille, une vraie petite-fille de son sang !

— Nous disposons d'encore un peu de temps : il ne rentrera pas du Kenya avant quelques jours.

— Cela fait un mois qu'il est parti. Tu te rappelles ses paroles ? « Maintenant que Brian est mort, je suis seul au monde. Je vais me perdre dans la savane le temps de m'habituer à cette idée. »

— Oh, oui, je m'en souviens ! Quelle ingratitude ! Nous n'existions pas pour lui !

— Et nous existerons encore moins quand il saura qu'il est grand-père. Son neveu et sa nièce par alliance ne pèseront pas lourd dans la balance !

— Que crois-tu qu'il fera ?

— Un trust. Il placera toute sa fortune au nom de Rachel, et elle en jouira en totalité à sa majorité. Dans l'intervalle, elle en recevra les dividendes... qui serviront à l'entretien de cette maison dont il nous fichera dehors.

— Mais, Marcus, nous vivons ici depuis des années !

— Et alors ? Nous sommes chez Howard. Cela lui donne tous les droits.

— Peut-être que la famille de Stacy réclamera la garde de Rachel et souhaitera l'adopter ?

— Oublie cette idée : Stacy était seule au monde. Après l'accident, oncle Howard a fait procéder à une enquête très fouillée. Stacy n'avait personne.

— Quelle guigne ! Si seulement Rachel avait pu se trouver avec ses parents au moment de l'accident, nous aurions été débarrassés !

— C'est évident.

Il y eut un silence, au cours duquel Allison suspendit sa respiration de peur d'être entendue, puis Marcus reprit :

— Nanette, sauras-tu faire face à cette nouvelle situation ? En épousant l'héritier Cantor, tu as pris l'habitude d'un luxueux train de vie... Que va-t-il se passer maintenant que je ne serai plus rien qu'un pauvre type sans situation ? Quand je pense que tu plaisais à Brian et que c'est moi que tu as choisi...

— Marcus, je n'aimerai jamais que toi et ne regretterai jamais mon choix.

Un profond soupir s'exhala de la poitrine de Marcus.

— Je suis si heureux de savoir cela, Nanette chérie... Nous nous en sortirons, tu verras et...

— Nous nous en sortirons si nous agissons, et vite, Marcus. Howard va rentrer dans une semaine.

— Je ne vois pas ce que nous pourrions faire.

— Falsifier les tests d'A.D.N.

— Impossible. Oncle Howard s'adressera directement au laboratoire. Et puis, il n'aura qu'à regarder Rachel : en un mois, elle a acquis une ressemblance troublante avec Brian. Ses yeux d'ambre, son nez retroussé, ses cheveux auburn... Elle est devenue le calque miniature de son père !

— Il découvrira ces similitudes s'il les voit... Donc, il suffit de mettre Rachel hors de sa vue.

— J'espère que tu ne songes pas à quelque violence, Nanette. Je ne suis pas un assassin.

— Nous ne la tuerons pas, mon chéri. Nous allons simplement la donner à l'adoption. Contactons un avocat spécialisé. En quelques jours, il trouvera preneur pour une gamine aussi mignonne que Rachel. Et ça nous rapportera un joli paquet.

— Mais que dirons-nous à Howard ?

— Que la famille Cantor ne pouvait décemment se charger du bâtard de Stacy. Et c'est là que nous trafiquerons le rapport du labo. Howard n'ira pas chercher l'original parce qu'il n'imaginera jamais que nous ayons vendu l'enfant de son fils ! Il est trop droit, trop honnête pour envisager une seule seconde que son neveu ait osé commettre une telle...

— ... monstruosité, Nanette. Mais qui débouchera sur le bonheur de Rachel. Ceux qui l'achèteront en feront la fillette la plus heureuse du monde.

Allison perçut alors un froissement de pages tournées à la hâte, et en déduisit que Marcus ou sa femme compulsait un annuaire téléphonique, à la recherche de la rubrique « avocats » sans doute.

— Hé ! Attends, Marcus. Il y a un hic.

— Lequel.

— La nurse.

— Bon sang ! Où est-elle ?

— Elle a emmené Rachel au parc.

— Eh bien, dès qu'elle rentrera, nous lui signifierons son congé. Avec de solides indemnités.

— Non. Nous la renverrons après avoir découvert le vol.

— Quel vol?

— Celui de... de mon collier de rubis par exemple. Le collier de grand-mère Cantor qu'Howard m'a offert quand nous nous sommes mariés. Lorsque Howard reviendra, il sera outré du comportement d'Allison et comprendra qu'on l'ait mise à la porte.

— Mais, et la police? Howard sera intrigué par le fait qu'on ne l'ait pas appelée.

— Nous dirons que nous n'avions que des soupçons, mais très fondés. Nous cacherons le collier dans la chambre d'Allison et le retrouverons par hasard en présence d'Howard.

— Non. Ça semblerait cousu de fil blanc. Planquons le collier, oui, mais dans un endroit où personne n'ira le chercher. Dans le coffre de ta Rolls Royce par exemple, sous la boîte à outils. Nous le garderons là jusqu'à ce que la nurse et Rachel soient bien sorties de notre vie, puis nous le placerons dans l'ancienne chambre d'Allison. Dans la cheminée, par exemple, sous les cendres. Et elle sera prise la main dans le sac, si on peut dire puisqu'elle sera loin, et Dieu seul saura où.

— Mmm. Un peu tiré par les cheveux, tout ça. Je me demande si un deuxième accident de voiture, prémédité, celui-là, ne serait pas une meilleure solution.

— Non, car rien ne nous garantirait que la nurse et la gamine y succomberaient. Et puis, je ne suis pas le roi de la mécanique. Je ne serais pas capable de faire des dégâts qui paraîtraient naturels. Les flics auraient vite fait de déceler un sabotage.

— Tu as raison. Restons-en donc à ta suggestion : Rachel mise à l'adoption, et Allison renvoyée pour vol. Oh, mon chéri... Tout cela m'excite ! Tu es un homme, un vrai, qui n'a pas peur de prendre des risques. Viens... Je veux te prouver à quel point je t'aime.

Au trottinement de leurs pieds nus sur le carrelage, Allison sut qu'ils regagnaient leur chambre. Elle attendit le claquement de la porte pour relâcher sa respiration, certaine que le couple resterait enfermé pendant un bon moment.

Il fallait en profiter ! se dit-elle, consciente d'être la seule à pouvoir sauver l'enfant en l'absence du brave monsieur qui l'avait engagée.

En hâte, elle s'habilla et boucla sa valise. Dans un sac, elle mit les affaires de Rachel, les biberons, une boîte de lait maternisé, des petits pots et des couches.

Puis elle prit dans ses bras le bébé endormi et s'accorda quelques instants de réflexion.

Certes, s'avisa-t-elle, Nanette et Marcus n'entendraient pas démarrer la voiture, une solide Volvo mise à sa disposition par Howard. Mais quelle direction allait-elle prendre en quittant Miami ? A l'instar de Stacy, elle n'avait pas de famille. Désillusionnée, elle ne comptait plus ni sur Ted, qui avait fini par la quitter, ni sur son évaporée de mère, qui vivait sa vie sans jamais s'inquiéter d'elle. Elle n'avait pas non plus conservé de liens avec ses amis de lycée. En revanche...

Oui, il existait un être sur lequel elle pouvait compter autrefois. Un homme, désormais, dont la grandeur d'âme et la générosité n'avaient pas dû changer...

Dylan Johnson.

Il avait... voyons... trente ans puisqu'elle-même en

avait vingt-huit. A l'époque, âgée de seize ans, elle voyait en lui un adulte à cause de ces deux années qui les séparaient. Et elle l'aimait comme on aime au sortir de l'adolescence, persuadée que jamais la passion ne s'éteindrait.

Jusqu'au jour où un athlète clinquant s'était mis en travers du chemin qu'elle croyait tout tracé. Cédant aux sirènes de la séduction et des promesses de vie de rêve, elle avait suivi en Californie celui qui l'avait aveuglée. Et depuis, elle ne cessait de regretter son instant d'égarement, son immaturité qui lui avait fait prendre un bellâtre pour une idole. Jamais elle n'était revenue à New York, jamais elle n'avait tenté de renouer avec Dylan, de quémander son pardon.

Qu'était-il devenu? Un père de famille, probablement, qui ne serait donc pas insensible au drame qu'elle vivait. A l'épouvantable sort qui menaçait Rachel.

Où le trouver? Peut-être avait-il repris la suite de ses parents à la tête du Club, cet établissement chaleureux à l'angle de la Quarante-cinquième Avenue Ouest et de la Huitième, à New York. Et peut-être aussi habitait-il encore le quartier voisin de la paroisse Saint-Benedict, celui où ils avaient passé leur jeunesse.

Elle allait donc commencer par se rendre à la vieille maison victorienne où vivait la famille Johnson, décida-t-elle.

Et sur la pointe des pieds, le bras gauche chargé de son précieux fardeau, les bandoulières de la valise et du sac coincées sous l'aisselle droite, elle sortit sans faire de bruit de la maison.

3.

Fuyant la foule qui s'agglutinait autour du manège qui lui rappelait trop de douloureux souvenirs, Allison avait remis Rachel dans sa poussette.

Dylan... Elle l'avait entrevu au milieu de tous ces gens. Et il l'avait vue aussi. Un signe du destin ? Sans doute. Ils avaient passé tant d'heures près de ce carrousel que, d'instinct, elle avait marché jusque-là. Et Dylan s'y trouvait. Comme autrefois. C'était inouï, à tel point qu'elle se demandait si elle n'avait pas été victime d'une hallucination. Le choc ressenti l'avait à ce point bouleversée qu'elle s'était découverte incapable de faire face à Dylan. Et pourtant, il fallait qu'elle lui parle. C'était lui qu'elle était venue chercher à New York. Mais le rencontrer dans ces circonstances ne lui convenait pas. Elle avait besoin de calme pour lui raconter ce qui lui arrivait et lui demander son aide. Si elle lui parlait maintenant, devant ces chevaux de bois porteurs de tant de souvenirs, il se mettrait en colère, lui reprocherait son attitude, l'interrogerait sur ce qui l'avait poussée à le quitter. Ce n'était pas ce qu'elle voulait. Elle désirait qu'il fît abstraction du passé pour ne réfléchir qu'au problème présent.

Elle savait pouvoir le trouver dans son ancienne maison. Son nom apparaissait toujours à la même adresse dans l'annuaire du téléphone. Et il gérait le Club. Rien n'avait changé pour Dylan Johnson. Sa vie avait suivi un cours tranquille et prévisible. Au contraire d'elle, il n'avait rien bouleversé sur un coup de tête. Très réfléchi, posé et équanime à l'époque, il n'avait manifestement pas changé.

Tous les espoirs étaient donc permis, se dit-elle, mais une dispute aurait gâché l'entrée en matière. La proximité du carrousel aurait rouvert de vieilles blessures, et ils se seraient séparés une deuxième fois, fâchés.

Quelques instants lui avaient suffi pour se rendre compte que Dylan n'avait rien perdu de sa séduction. Sa chevelure rebelle ondulait avec autant de charme qu'autrefois, et ses yeux brillaient du même bleu cobalt qui l'avait tant émue.

Tout à coup, les réminiscences affluaient, l'obligeant à s'asseoir : ses jambes flageolaient, son cœur battait la chamade. Dylan avait fait d'elle une femme... qui n'avait jamais retrouvé les mêmes sensations extatiques dans les bras d'aucun autre homme. Quelle folle elle avait été de quitter la proie pour l'ombre, le paradis pour l'enfer...

Quand les deux amis rentrèrent au Club, tard dans l'après-midi, Tracy les accueillit d'un lumineux sourire.

Aussitôt professionel, Dylan se dirigea vers l'immense comptoir en U qui occupait le centre de la salle, pour examiner les sandwichs préemballés, les pâtisseries, les salades, les petits-fours.

Bien, approuva-t-il. Tracy s'était comme d'habitude montrée à la hauteur en l'absence de son patron.

Il regarda aussi la petite armada de serveurs à mi-temps, tous étudiants, qui allaient de table en table munis de leurs plateaux regorgeant d'alléchantes nourritures. Puis il reporta son attention sur Tracy.

— Je sais que tu aurais dû finir à midi, et il est 15 heures. Alors, dès maintenant, quartier libre en compensation.

— Merci, Dylan.

— Sois simplement de retour à 19 heures : je dois aller à mon entraînement de basket.

— Quoi ? Tu prends le temps de faire du sport ? Que t'est-il arrivé dans la rue ? Tu as reçu un coup de baguette magique ?

— J'ai besoin de me relaxer un peu, dit-il laconiquement.

La vérité, c'était qu'il cherchait un moyen de chasser l'image d'Allison de son esprit, et que l'exercice physique jusqu'à l'épuisement lui paraissait le meilleur moyen d'y parvenir.

— C'est sûr que, avec tout le ramdam du mariage, tu subis un stress inimaginable. Mais il faut que la fête soit une réussite : avec tout l'argent que Mme McNamara compte dépenser, tout doit être parfait et... Quand on parle du loup, voilà Mme McNamara.

L'imposante mère de Garrett traversait la salle de son pas martial et se dirigeait vers le comptoir, tout sourires. Il était loin le temps où elle désapprouvait l'amitié qui liait son fils à l'aîné des Johnson, cette famille désargentée et de si peu de classe. Désormais, elle adorait ce qu'était devenu le Club et se réjouissait de cette union entre Garrett et Shari. Dylan ayant fait fortune, les Johnson et les McNamara appartenaient au même monde. Et Dylan et sa sœur bénéficiaient de l'affection de Gwen McNamara.

— Dylan, Tracy, fiston, bonjour, lança-t-elle après avoir balayé la salle d'un regard approbateur.

— Bonjour et au revoir, madame McNamara, dit Tracy en ramassant son sac et en quittant sa place derrière le comptoir.

— Que vous arrive-t-il, Tracy ? Il est bien tôt et...

— Dylan m'a accordé une récréation. Lui et Garrett m'ont privée de ma pause-déjeuner.

La mère de Garrett se tourna vers son fils.

— C'est vrai ? Qu'avez-vous fait pendant tout ce temps ?

— Un tour à Central Park.

— Un café, Gwen ? offrit Dylan. Je viens de recevoir un nouveau fabuleux mélange de Colombie.

La future belle-mère de sa sœur ayant accepté, Dylan posa sous le percolateur une tasse décorée d'une publicité : Le Club, Le lieu des rencontres.

— Vous axez la nouvelle politique de l'établissement sur ces rendez-vous de hasard qui parfois permettent à des célibataires en mal d'âme sœur de se rencontrer, à ce que je constate, dit Gwen.

— Oui. Avez-vous vu le tableau à l'entrée ? Tout client peut y laisser une carte avec ses coordonnées, agrémentée d'une photo, et une liste de ses goûts. Filles et garçons n'ont ensuite plus qu'à y accoler leurs propres coordonnées suivies d'un numéro d'identification et fixer un rendez-vous au Club. Les cartes des garçons sont bleues, celles des filles roses. Celui ou celle qui est vraiment intéressé décroche la carte, la met dans une enveloppe avec sa réponse et glisse le tout dans l'urne de bois installée au beau milieu de la salle. Ensuite, les candidats aux rencontres n'ont plus qu'à consulter régulièrement le courrier pour voir si une missive leur est destinée.

— Les gens usent de pseudonymes, n'est-ce pas ?

— La plupart du temps. Ou plus simplement de leur seul prénom, ce qui ménage la susceptibilité de chacun en cas d'échec à l'issue de la rencontre.

— J'espère qu'un jour ou l'autre vous mettrez votre propre carte dans l'urne, Dylan, répliqua Gwen avec un sourire malicieux.

Gêné, il arrêta l'une des jeunes serveuses et lui demanda de trouver une table pour Mme McNamara et son fils. La jeune fille, une brunette aux grands yeux de biche, regarda Dylan avec dévotion, avant d'oser intervenir :

— J'ai entendu la remarque de la dame, monsieur Johnson. Si cela vous intéresse, ma carte est au tableau. Je m'appelle Terry, numéro 1066.

— Cette petite est très bien, constata Mme McNamara en suivant la serveuse du regard.

— Sans doute. Mais je n'ai pas le temps de m'occuper d'elle.

— Vous avez de moins en moins de temps, Dylan. Vous travaillez trop.

— Votre table est prête, Gwen. J'aperçois Terry qui me fait signe.

— Parfait. Mais je vais d'abord aller me repoudrer le nez. Allez m'attendre à la table, Dylan. Je veux vous parler.

— Je ne dispose que de quelques minutes. Dès la sortie des bureaux, le Club va être bondé.

Dylan alla s'asseoir avec Garrett, lequel, avec tact, quitta la table dès le retour de sa mère. Resté seul avec celle-ci, Dylan s'exposa à la sollicitude quasi maternelle de Gwen.

— Maintenant que nous sommes seuls, Dylan, dites-moi tout : quand vous étiez au parc, Garrett m'a passé un coup de fil de son portable. Selon lui, quelque chose vous avait bouleversé.

— Et il vous a demandé de venir ici pour m'interroger ?

Dylan ne pouvait s'empêcher de rire.

— Cela vous amuse peut-être, mon petit, mais sachez que pour voler à votre secours j'ai annulé un très important rendez-vous avec Pierre, le fleuriste, qui doit s'occuper de la décoration de la salle, de l'église, des voitures... Bref, pour vous, j'ai fait prendre du retard à l'organisation du mariage de Garrett et Shari : mon cœur de mère a frémi quand j'ai su que vous étiez dans la peine.

Dylan força un sourire, tout en songeant que si Gwen était envahissante, elle était aussi généreuse et affectueuse, et qu'il ne pouvait lui en vouloir de se soucier de lui.

— Alors, Dylan ? Qui avez-vous vu près du carrousel ? Un créancier indélicat ? Un voleur qui aurait sévi au Club ? Une femme qui vous harcèle ?

— Elle ne me harcèle pas.

Il se mordit aussitôt les lèvres, conscient que Gwen venait de lui tirer les vers du nez.

— Ah, il s'agit donc bien d'une femme. Racontez-moi.

— Il n'y a rien à en dire. Cette affaire ne regarde que moi.

Loin de se montrer vexée, Gwen lui tapota gentiment la main.

— Voyons, Dylan, parlez. Cela vous soulagera.

Le ton était si lénifiant, l'expression du visage si douce que Dylan tomba dans le panneau, tout en étant conscient de perdre son libre arbitre. Gwen avait vraiment l'art d'amener les gens à se confier, à se mettre à nu.

Alors il lui raconta aussi succinctement que possible son histoire avec Allison, ajoutant qu'à l'époque elle avait eu l'occasion de la rencontrer quand il venait chez les McNamara chercher Garrett, en compagnie d'une petite jeune fille délicieusement menue et blonde.

— Je suis désolée, mais non, je ne me souviens pas. C'était un tel défilé, quand Garrett était au collège ! Il entretenait des dizaines de relations amicales et autant de sentimentales. Mais revenons au présent. Pourquoi regretter cette jeune personne qui vous a joué un tour pendable alors qu'il y a autour de vous de ravissantes demoiselles comme ces deux étudiantes qui vaquent dans la salle ?

— Parce qu'elle a toujours sa place dans mon cœur. Une place dont je ne parviens pas à la chasser.

— Et vous êtes certain qu'il s'agissait bien d'elle aujourd'hui ?

— Quasiment. Elle était la même qu'il y a dix ans, en dehors du fait qu'elle portait un bébé dans les bras.

— *Son* bébé ?

— Je n'en suis pas sûr. Allison travaille comme nurse. Elle a peut-être été embauchée par quelqu'un de Manhattan et promenait le petit dans le parc.

— Je l'imagine mal vivant dans le voisinage et ne se manifestant pas au Club. Toutes vos anciennes condisciples de lycée ont un jour ou l'autre fait un tour ici pour dire bonjour. Et puis, je parle avec mes voisines qui ont aussi des fils de votre âge et de celui de Garrett. Alors, si Allison Walker était dans le coin, quelqu'un l'aurait vue, et je serais au courant. Je suis la reine des potins du quartier, vous savez, Dylan. Depuis mon veuvage, je manque de distraction, alors je m'intéresse aux cancans. Rien n'échappe à mon attention. Si l'ex-petite amie du meilleur copain de mon fils avait fait une apparition, j'en aurais été informée.

— Je suppose que oui.

— En fait, c'est le départ de votre sœur qui vous perturbe, et c'est naturel. Vous sombrez dans la neurasthénie, et vous revivez les événements heureux de votre prime jeunesse, ce temps où vous pensiez vous marier avec Allison. Vous comblez un manque dû au départ de votre sœur.

— Je crois que vous avez mis dans le mille, Gwen. J'ai cru voir Allison parce que je suis triste et affolé à l'idée de perdre ma sœur. Dans mon esprit, j'ai remplacé le départ de l'une par le retour de l'autre.

Gwen jeta un coup d'œil à sa montre.

— Bien. Puisque voilà un problème résolu, je vais aller chez le fleuriste. Garrett va me relayer auprès de vous. Vous avez en lui l'ami le plus loyal du monde.

Mme McNamara se leva, lissa la jupe de lin de son tailleur griffé, puis ramassa son sac Gucci.

Dylan se mit debout à son tour, tout en guettant Garrett du regard : que faisait-il dans les toilettes depuis tant de temps ? Rien du tout, sans doute. Il se bornait à laisser le champ libre à sa mère. Dès qu'elle aurait franchi le seuil du Club, il réapparaîtrait.

— Pour les fleurs, Gwen, l'espèce préférée de Shari est l'œillet.

— L'œillet ? !

Le nez de Gwen s'était pincé comme si une odeur nauséabonde avait soudain surgi de dessous la table.

— Les œillets sont des fleurs ordinaires, Dylan. Les roses ont autrement plus de classe.

34

— A vous de voir si vous voulez faire plaisir à Shari ou satisfaire la galerie.

D'un air entendu, Gwen hocha la tête.

— Bien, j'aviserai. Vous avez une autre indication à me fournir concernant les préférences de Shari, Dylan ?

— Oui. Rien de trop chargé. De petits bouquets par-ci, par-là. Ne transformez pas les lieux du mariage en serre. Et prévoyez des centres de table discrets, à base de violettes par exemple. Shari déteste tout ce qui est tape-à-l'œil.

Le visage de Gwen afficha une expression navrée. A l'évidence, elle nourrissait un tout autre projet de décoration florale.

— Je vous raccompagne, dit Dylan en la prenant par le bras. Votre voiture vous attend, je présume ?

— Evidemment. Et vous pourrez en profiter lorsque bon vous semblera. Nous formons une grande famille désormais : j'étais veuve avec un fils unique et me voilà nantie d'une belle-fille et d'un beau-fils.

Dylan prit un ton rieur pour terminer sur une plaisanterie.

— La famille est une merveilleuse invention... surtout quand elle tient le coup jusqu'au bout du chemin.

Gwen traversa le trottoir jusqu'à la Cadillac dont le chauffeur, casquette à la main, lui tenait la portière arrière ouverte. Avant de s'asseoir sur la banquette, elle lança :

— Oubliez Allison, Dylan ! Même si c'est bien elle que vous avez vue au parc, chassez-la de votre esprit ! Pour votre bonheur futur !

Mais pourquoi cette hypothèse ? se demanda-t-il en la regardant partir. Ne venait-elle pas de lui dire qu'il avait cru voir Allison parce qu'il se sentait malheureux à la perspective de perdre Shari. Et c'était vrai! Dès qu'il était malheureux, il songeait à Allison avec encore plus d'intensité que de coutume.

Décidément, la tristesse était bien mauvaise conseillère, songea-t-il en revenant vers l'entrée du Club. Allison envahissait ses pensées comme jamais. Même son corps était en détresse. Les bouleversantes sensations qu'il avait éprouvées en lui faisant l'amour avaient laissé en lui des traces indélébiles. Allison l'avait marqué plus profondément qu'avec un fer rouge. Il l'avait aimée comme un fou... et l'aimait toujours intensément. Dix années n'avaient pas suffi à apporter ne fût-ce qu'un début d'oubli. Et le fait qu'Allison soit peut-être de retour à New York ravivait la souffrance latente qui était son lot depuis une décennie.

Ne sachant plus que penser, il soupira.

Peut-être espérait-il tout simplement qu'Allison Walker ne soit pas revenue en ville pour le torturer de nouveau... Car s'il avait tant bien que mal surmonté le désespoir une fois — plutôt mal que bien, d'ailleurs —, il doutait de pouvoir renouveler l'exploit.

4.

Allison avait trouvé refuge au presbytère de la paroisse Saint-Benedict.

— Quelque chose ne va pas, père Clausen ? s'enquit-elle en voyant le prêtre préoccupé.

Il lui dédia un sourire contraint.

— C'est que j'ai du mal à m'habituer à l'idée que tu es de retour, Allison. Et avec un bébé de surcroît : il y a si longtemps que tu nous as quittés...

Il tenait Rachel à bout de bras et la secouait doucement. La fillette gazouillait de plaisir.

Soudain, une voix de stentor les fit sursauter.

— Ecoute, Allison ! A présent, il faut nous dire la vérité !

Mary Feeney, la gouvernante qui avait toujours régné sur le presbytère, venait d'entrer dans la cuisine, et dardait sur Allison un regard dont la sévérité l'impressionna.

— Il n'y a rien à dire, Mary, repartit le prêtre.

— Oh que si ! Ne serait-ce que pour faire taire ces bruits concernant une mystérieuse mère seule et son enfant réfugiés entre ces murs !

— Mon Dieu..., gémit Allison, les gens parlent déjà ?

— Oui. Ta présence n'est pas passée inaperçue. Il y a plusieurs jours que tu es là.

— Je serais à l'hôtel si j'en avais les moyens, Mary ! Hélas, j'ai dépensé toutes mes économies pour payer les billets d'avion !

Elle avait abandonné la Volvo à l'aéroport de Miami et sauté dans le premier appareil en partance pour New York. Même si Nanette et Marcus découvraient la voiture, ils n'auraient aucun moyen de savoir sur quel vol elle avait embarqué.

— Le presbytère n'est pas un refuge pour mères célibataires, Allison. Cela m'aiderait à faire taire les ragots si je pouvais dire qui tu es. On ne reprocherait plus au père Clausen d'héberger une inconnue en détresse.

Allison s'approcha de Mary et lui prit les mains.

— Je vous en prie, gardez le secret quelques jours encore. Il est très, très important que personne ne sache où je suis. Ensuite, je vous raconterai toute l'histoire.

— Tu me jures que tu ne sors pas de prison, Allison ? Ou que tu ne fuis pas la police ?

— Je vous le jure, Mary.

— Mmm. Bon. Je vais m'occuper de nourrir ce petit ange. Toi, va faire un brin de toilette et ensuite, viens manger quelque chose.

Vingt minutes plus tard, assise à la longue table de ferme de la cuisine, Allison se régalait de compote de pommes sur des tartines grillées. Mary donnait la becquée à Rachel qui semblait apprécier la saveur de la mixture contenue dans le pot pour bébé.

— A cet âge-là, un rien satisfait les petites filles, dit Mary. Une couche propre, de l'affection, et un petit repas.

Même plus tard, les fillettes se satisfaisaient de peu

de chose. Une robe correcte, de quoi manger et une mère aimante et attentionnée, songea Allison. Malheureusement, elle-même n'avait pas connu ce bonheur, et le jardin d'enfants qu'elle apercevait par la fenêtre lui rappelait de bien tristes souvenirs...

Sa mère, en effet, la laissait attendre des heures dans cette cour. Assise sur l'extrémité du toboggan, elle la guettait alors que tous les autres élèves étaient déjà rentrés chez eux. Verna travaillait dans une usine de passementerie, et ses horaires relevaient de la plus totale fantaisie, soit parce que son patron lui demandait des heures supplémentaires, soit parce qu'elle s'accordait une halte au café du coin, halte qui s'éternisait parfois au-delà de la tombée de la nuit.

En revanche, Mary et le père Clausen étaient toujours là pour lui apporter des biscuits et veiller sur elle sans en avoir l'air. La désinvolture de Verna, qui se consolait du décès de son mari mort d'un cancer en collectionnant les hommes, les mettait d'autant plus en colère qu'ils craignaient de voir leur petite protégée tourner mal à son tour.

Aussi son arrivée avec cette enfant, son évident dénuement matériel et les mystères dont elle s'entourait n'étaient-ils pas faits pour les rassurer.

— Tu es sûre de n'avoir rien fait de mal, Allison? insista Mary.

— Je vous répète que non. En fait, c'est même le contraire.

— Tu étais une gamine turbulente, Allison. Pendant les heures de cours tout au moins. Ensuite, la classe finie, tu te muais en petite statue au bord du toboggan, à attendre ta maman. Ça nous brisait le cœur, au père et à moi, de te voir comme ça. Que ta mère te néglige à ce point aurait pu te traumatiser gravement...

— Non. J'ai surmonté cette douleur, ce manque. Pour preuve, mon seul souci est Rachel. Je me ronge les sangs pour cette enfant.

— On pourrait vraiment croire qu'elle est à toi. Elle te ressemble.

— Pas du tout. Regardez ses yeux, ses cheveux... Je ne suis pas la mère de Rachel.

— Admettons. Mais cela ne change rien au fait que, si tu restes, il va y avoir des problèmes. Quelqu'un finira par appeler la police en disant que nous avons recueilli une fugueuse. N'y a-t-il personne qui pourrait t'aider, Allison ? Tu connaissais tout le monde dans le quartier, autrefois.

— Si. Je songe à quelqu'un mais...

— Qui est-ce ?

— Dylan Johnson.

— Il est toujours là. Vous sortiez ensemble, si j'ai bonne mémoire.

— Oui. Est-il marié ?

— Célibataire, sans enfant. Sans attache. Il n'habite plus la grande maison familiale. Il s'est installé au-dessus du Club. Il occupe le premier étage, sa sœur le second. Va le voir, Allison. Parle-lui. Oublie le sale coup que tu lui as fait en partant avec Ted Zane. Ne pense qu'à Rachel, puisque selon toi elle est en danger. Car c'est de cela qu'il s'agit ? Elle est en danger ?

— Oui.

— Dylan te pardonnera et saura ce qu'il convient de faire pour te venir en aide. Mieux qu'un vieux prêtre et sa vieille bonne.

— Mais je ne peux pas débarquer de but en blanc au Club et me présenter devant lui ! Pas sans savoir s'il ne va pas me jeter dehors.

— Dans ce cas, je vais lui téléphoner et lui dire que tu es là.

— Non. Dites-lui seulement que j'aimerais le rencontrer. Ne lui dites pas que je suis là, ainsi, s'il dit non, je saurai à quoi m'en tenir.

— Entendu.

Mary repoussa sa chaise, se leva lourdement et alla décrocher le téléphone mural dans le hall. Quelques instants plus tard, elle était de retour.

— Dylan n'était pas là. Il ne sera de retour que vers 21 heures. Or le Club ferme à cette heure-là.

— Le jeudi, de temps à autre, Dylan joue au basket avec d'anciens condisciples du lycée, si ma mémoire est bonne, intervint le père Clausen.

— Peut-être pourrions-nous lui envoyer un mot? suggéra Mary.

— Non, ce serait trop long. Il faudrait attendre une réponse, et je ne dispose pas de temps, dit Allison.

Le père Clausen resta quelques instants songeur, tout en se grattant le menton, puis son visage s'éclaira.

— Il y a une solution. Le service de rendez-vous offert par le Club.

— En quoi cela consiste-t-il?

Le prêtre l'expliqua à Allison.

— Je sais que tu dois disposer d'un feuillet bleu. J'ai du papier à lettres de cette couleur, avec enveloppe assortie. Tu vas donc lui écrire un mot, et Mary ira mettre l'enveloppe dans l'urne.

— Père Clausen, vous venez d'avoir l'idée qu'il fallait! s'enthousiasma Allison.

Mais le prêtre sembla se raviser.

— Non, à la réflexion, Mary ne peut pas agir à ta place. Car la clientèle du Club est plutôt juvénile, alors que Mary a la soixantaine. Tout le monde se demanderait pourquoi ma gouvernante cherche à rencontrer un garçon! Sa réputation en pâtirait, Allison. Non, il faut que ce soit toi qui ailles déposer la missive.

— Mais Dylan peut être là et me voir.

— D'abord, il n'est pas tout le temps là. Ensuite, il y a foule dans la salle. Si tu te glisses derrière les tables le long du mur de droite, tu arriveras droit à l'urne. Ensuite, tu t'éclipseras. Baisse la tête, mets un foulard pour cacher tes cheveux blonds et des lunettes.

— Entendu.

— Je te donne tout de suite le papier à lettres. Propose un rendez-vous à Dylan pour ce soir même.

Cachée derrière une camionnette garée devant le Club, Allison observait les allées et venues de la clientèle.

Le père Clausen avait dit vrai : l'établissement attirait une foule considérable. Et elle comprenait cet intérêt des jeunes du quartier : le Club présentait une façade charmante, peinte de couleurs pastel, avec des trompe-l'œil, une porte tournante à l'ancienne aux montants de cuivre. Des bacs regorgeant de fleurs délimitaient la terrasse sur le trottoir, où aux beaux jours il devait faire bon s'installer. Au travers des vitres, on apercevait des lampes Tiffany, des plantes vertes, un immense comptoir en fer à cheval, tout de verre et de cuivre, des tables rondes aux nappes descendant jusqu'au sol et des chaises confortables à haut dossier.

Mon Dieu qu'il était loin le temps où le Club était un simple café où les jeunes jouaient au flipper ou au baby-foot, dans une atmosphère enfumée, buvaient de la bière devant un bar recouvert de Formica jaune canari, ou s'asseyaient autour des tables assorties, sous la lumière crue de néons ! songea la jeune femme. Dylan Johnson avait vraiment eu du flair. Il avait su tirer parti du vieil établissement désuet pour en faire une affaire plus que prospère, au concept original, dans une ville où la solitude était le lot de tant de gens.

Le garçon qu'elle avait connu et sur lequel elle avait eu tant de pouvoir, dont elle avait usé et abusé, était devenu un homme qui, cette fois — juste retournement des choses, en fait —, pourrait lui faire payer ses fautes.

Tant pis, se dit-elle, prête à courber l'échine. Elle avait trop besoin d'aide, et Dylan était le seul être assez fort, le seul en qui elle eût confiance, susceptible de l'aider.

Elle tâta l'enveloppe dans la poche de son manteau, ramena le foulard sur son front et ses joues, ajusta ses lunettes noires sur son nez et quitta sa cachette. Elle traversa la rue et s'insinua dans la porte à tambour.

Suivant les conseils du père Clausen, elle se glissa jusqu'à l'urne après avoir louvoyé entre des dizaines de clients qui se déplaçaient vers le comptoir pour y acheter des sandwichs, ou en revenaient, des assiettes à la main, comme s'ils voulaient donner un coup de main aux serveuses en jupe de velours noir et tablier blanc à volant qui slalomaient au milieu de la foule.

Elle atteignit enfin l'urne et sortit son enveloppe. Et retint un cri de désarroi : l'enveloppe était trop grande ! Elle n'entrait pas dans la fente !

La jeune femme qui se tenait derrière le comptoir — une dénommée Tracy d'après son badge — s'approcha aussitôt.

— Il y a un roman, là-dedans ? demanda-t-elle en souriant. Si vous voulez, je peux vous donner une enveloppe de la maison. Nous les fournissons gracieusement.

— Euh... non, non. Merci, déclina Allison. Je vais plier celle-ci en deux.

Après avoir joint le geste à la parole, elle poussa un

soupir de soulagement quand l'enveloppe disparut dans l'urne.

Puis, sans un regard pour l'aimable Tracy, elle ressortit aussi vite qu'elle le put du Club.

Le sort en était donc jeté, se dit-elle. La balle était dans le camp de Dylan désormais. Il ne lui restait plus qu'à attendre, et espérer que le prêtre ne se trompait pas en affirmant que Dylan était un être généreux, qui lui pardonnerait le mal qu'elle lui avait fait dès qu'il la saurait dans la peine.

Incrédule, Dylan lisait le message pour la troisième fois. Allison voulait le rencontrer ! Ainsi, il ne s'était pas mépris, à Central Park. La blonde en veste rouge, c'était bien Allison. Et elle lui écrivait :

« Dylan,
» Je veux te voir.
» A l'église, à 23 heures.
» Je t'en prie, ne parle à personne de cette lettre.
                                        Allison »

Il n'en croyait pas ses yeux. Les mots lui paraissaient si secs. Il y avait même un ordre... « Je veux »... Aucune explication, nulle marque d'amitié, encore moins d'affection. Et pas davantage de signe d'un quelconque remords ou regret.

En tout cas, cela lui interdisait d'écouter les battements de son cœur emballé par un espoir insensé.

— Hé, Dylan, tu as vu passer un fantôme, ou quoi ?

Son ami et partenaire au basket, Mark, venait de lui taper sur l'épaule. Après la partie, il avait invité ses copains au Club, fermé à la clientèle, pour y boire un verre en privé.

S'avisant de la lettre que Dylan tenait entre ses

44

mains, Mark se pencha pour essayer de la lire. Dylan l'escamota immédiatement dans la poche de son pantalon.

— Ça a l'air sérieux ! lança Mark à l'intention des autres. Une fille a écrit à Dylan, et il a l'air intéressé !

— Ce ne serait pas la première fois ! remarqua Jimbo. Il collectionne les conquêtes comme d'autres les papillons !

— Oui, mais d'habitude il nous fait profiter des messages qu'il reçoit ! Et nous avons droit à ses commentaires. Ce coup-ci, c'est top secret !

— Donc, tu en déduis que la nana qui a signé ce mot doux est, selon les critères de Dylan, un cran au-dessus des autres !

— Et ce n'est pas une habituée du Club parce que ni le papier à lettres ni l'enveloppe ne viennent d'ici. Elle ne s'est pas servie des cartes mises à la disposition des candidats ! Et en plus, sur l'enveloppe, il y avait le nom de Dylan. Et de lui seul ! Sans un numéro d'identification !

— Doucement, les gars. Je suis le boss. Je n'ai pas besoin de numéro comme toi, Mark. Tu es le... quantième, déjà ?

— 82. Je suis l'un des plus vieux habitués du Club.

— Mais tu es marié.

— Oui. J'ai épousé le numéro 114. Une des premières clientes. C'est pour ça que le 82 n'est plus jamais listé. Ni le 114. Nous ne venons plus chez toi qu'en couple, excepté les soirs comme aujourd'hui, après un match, où je m'octroie une soirée en célibataire.

— Allez, Dylan, dis-nous de qui il s'agit, insista Jimbo. Une fille que tu connais déjà, hein ? Je le vois à ta tête. Tu es tout pâle. Je dirais donc que c'est une fille qui ne t'a pas laissé un bon souvenir.

D'un geste de la main, Dylan balaya les questions qui se formaient sur les lèvres de ses six amis.

— Qui veut un Coca ? Un Perrier ? Du café ?

Les jumeaux Grayson, Phil et Paul, optèrent pour le café.

— Espresso. Double.

— Quadruple ! s'écria Mark en riant.

— Moi aussi, un espresso superserré, dit Jimbo. Tu sais que demain, Beth et moi, nous partons en vacances en Californie. Je tiens à être bien alerte pour surveiller ma petite femme : elle est enceinte de sept mois, quand même. Et elle est mignonne comme tout, avec son joli ventre rond. Mais elle a horreur de l'avion et a le mal de l'air. Alors, avec Rachel qui va gigoter sur ses genoux, elle sera vraiment au trente-sixième dessous.

— Moi, c'est ma fille de neuf mois qui déteste l'avion, enchaîna Phil. Elle a le même âge que la tienne, mais mieux vaut la balader en voiture sinon elle pleure à fendre l'âme pendant tout le vol, et les autres passagers ont envie de la jeter par un hublot.

Ces anecdotes de la vie familiale plongèrent Dylan dans une subite mélancolie. Régulièrement, il était sujet à ces crises. Tous ses amis avaient trouvé l'âme sœur et fait des bébés. Et lui, il restait désespérément seul. A cause d'Allison Walker, dont il sentait la missive froissée contre sa cuisse.

Tracy, qui était restée en dépit de la fin de son service à 21 heures, et qui ne perdait pas une miette de la conversation générale, s'empressa de répondre à Mark quand il l'interrogea.

— Vous n'avez pas fait attention à la fille qui a apporté cette lettre, cet après-midi ?

— Si. Mais je n'ai pu qu'entrevoir son visage : elle semblait se cacher derrière un foulard et des lunettes noires. Je l'ai surtout remarquée parce qu'elle avait une enveloppe trop grande, pas une des nôtres, qui n'entrait pas dans l'urne. Elle a préféré la plier en deux plutôt que de prendre celle que je lui proposais, et puis elle s'en est retournée comme si elle avait le diable aux trousses.

Ainsi, Allison se cachait, se dit Dylan. Nombre de gens présents au Club auraient pu la reconnaître, et elle avait fait en sorte de conserver l'incognito le plus total. Mais elle voulait le voir, lui. Pourquoi ?

Il s'interrogeait quand il sentit une main se glisser dans sa poche. Il l'intercepta immédiatement et serra sans douceur le poignet de l'indiscret.

— Hé, doucement ! protesta Mark. Tu vas me broyer les os !

Dylan desserra son étreinte, et Mark se massa en grimaçant de douleur.

— Sûr que cette lettre est importante, dit Jimbo.

— C'est ça, elle l'est, confirma Dylan d'un ton agressif. Et maintenant, on ferme, les gars. Rentrez chez vous, allez retrouver vos femmes et vos gosses et fichez-moi la paix.

Devant cette saute d'humeur inattendue, ses amis battirent en retraite.

— C'est bon ! C'est bon ! conclut Mark en riant. On te laisse à tes amours chagrines...

— Attendez-moi, je vous accompagne ! lança Tracy en rejoignant la joyeuse bande.

Soulagé de se retrouver seul, Dylan verrouilla la porte, fit descendre les volets métalliques, et traversa la salle en direction de la sortie de secours. Il était 22 heures. Il lui restait une heure pour réfléchir et prendre une décision.

5.

Le clocher de l'église Saint-Benedict se découpait sur le ciel bleu outremer. Sa flèche aiguë tranchait sur les lignes épurées et géométriques des gratte-ciel environnants. Dylan la regardait avec nostalgie tout en s'approchant du jardin d'enfants, dans lequel il avait passé tant d'heures à s'amuser avec Shari et Allison. Les balançoires étaient toujours là, de même que le toboggan, les bacs à sable et les tourniquets. Il se souvenait des longues attentes d'Allison, alors que tous les élèves étaient rentrés chez eux sous l'escorte de leurs parents. Sa mère la laissait sur l'aire de jeux jusqu'à la tombée de la nuit et parfois bien au-delà. Dylan lui tenait compagnie aussi longtemps qu'il le pouvait, mais, le cœur lourd, il finissait par l'abandonner à sa solitude, de peur d'être grondé par ses propres parents. A cette époque, Allison avait de longues nattes blondes et ces mêmes yeux pervenche dont il n'oubliait toujours pas l'éclat presque irréel.

La perspective d'affronter de nouveau ce regard d'eau pure l'émouvait profondément. Au fil des années, sa colère s'était muée en rancune, mais l'amour qu'il éprouvait pour Allison, hélas, demeurait aussi vivace qu'au premier jour. Il la détestait et l'adorait en même temps.

Animé de ces deux sentiments contradictoires et aussi pénibles à supporter l'un que l'autre, il traversa le jardin d'enfants, gravit le perron de l'église et poussa la lourde porte de chêne.

Les ténèbres ainsi qu'un froid glacial régnaient dans la nef. Qu'Allison lui eût donné rendez-vous ici le laissait perplexe. Se cachait-elle ? Manifestement, oui, et sans doute avec la complicité du père Clausen qui avait l'habitude d'aider toutes les brebis en détresse.

Mais qu'avait-il à voir, lui, Dylan Johnson, dans les ennuis d'Allison Walker ?

La curiosité ajoutée à un besoin irrépressible de revoir la jeune fille le poussèrent à s'avancer jusqu'à l'autel ; mais ce fut en vain qu'il scruta la pénombre à peine dissipée de loin en loin par des cierges allumés.

En revanche, dans l'une des chapelles sur la droite, un mouvement fugace attira son attention. Il y avait là une porte dérobée, par laquelle, enfant, il avait coutume de s'esquiver quand l'office durait trop longtemps.

Il fit un pas, puis deux, et vit bouger une silhouette.

— Allison... ? appela-t-il.

Un chuchotement lui répondit :

— Par ici, Dylan...

Mais à peine se fut-il approché qu'il se figea de saisissement. Avec son foulard sur la tête d'où s'échappaient de longues mèches couleur d'or, son teint opalescent dans la clarté des chandelles, Allison évoquait une madone. Seigneur... Elle était toujours aussi belle. Non. Encore plus belle que dans son souvenir. Son visage avait perdu les rondeurs de l'enfance, et présentait maintenant un ovale parfait, dans lequel scintillaient ces prunelles qui avaient le don de le réduire à merci.

— C'est toi... Vraiment toi... Allison.

Alors qu'instinctivement il tendait les bras pour enlacer la jeune femme, il se domina à temps et, les mains plongées au fond des poches, se borna à l'observer tout en maintenant un espace d'un bon mètre entre eux.

Elle portait cette même veste rouge qu'il avait remarquée à Central Park et un jean qui paraissait usagé.

Consciente de l'inspection à laquelle il la soumettait, elle eut un sourire d'excuse.

— Désolée de n'être pas à mon avantage, mais j'avais d'autres soucis que de me montrer sous mon meilleur jour.

— De loin, je t'ai prise pour un ange. Comme si l'une des statues de l'église s'était animée.

Aussitôt, il regretta ses paroles. Ce n'était pas en complimentant Allison qu'il lui ferait comprendre à quel point il lui en voulait.

— Qu'est-il advenu de ce bon vieux Ted Zane? demanda-t-il à brûle-pourpoint.

— Ted?

— Tu sais bien... Ted. Celui pour lequel tu m'as plaqué!

— Entre Ted et moi, cela n'a duré que le temps d'un soupir. Rien n'a marché comme nous l'espérions à Hollywood. Nous nous sommes retrouvés serveurs dans un McDo, attendant un appel de notre agent. Cet appel est enfin venu pour Ted, qui a eu un petit rôle dans une série télévisée. Grisé par les paillettes du show-biz, il a eu tôt fait de se débarrasser de son encombrante petite amie new-yorkaise.

— Pourquoi n'es-tu pas rentrée à la maison?

— A la maison? Quelle maison? Verna, ma mère, ne voulait plus de moi. Elle a signé un papier déléguant mon éducation à l'Etat de Californie. J'ai été placée dans un foyer d'accueil.

— Mais c'est horrible!

— Pas vraiment. J'ai repris mes études et obtenu un diplôme de puéricultrice.

— Ta mère n'a jamais raconté un mot de tout ça!

— Elle s'en fichait.

— Tu dois lui en vouloir...

— Ce temps-là est révolu. Je lui ai pardonné comme on pardonne à un enfant irresponsable. Nous nous téléphonons de loin en loin, mais nous n'avons pas grand-chose à nous dire. Elle m'a néanmoins précisé qu'elle était fière que je m'en sois sortie toute seule, parce qu'elle ne se sentait même pas capable de s'assumer elle-même.

— Donc, tout ne va pas si mal. Tu es toujours superbe, tu as un métier... Ce bébé que tu avais dans les bras à Central Park... Car je t'y ai vue. Et toi aussi. Tu t'es enfuie. Ce bébé, donc, il n'est pas à toi?

Il avait posé la question en tremblant. Après Ted, Allison avait pu se marier et avoir un enfant, voire plusieurs — enfants qu'il avait rêvé d'avoir avec elle.

— Je suis la nurse de ce bébé, Dylan. Je ne suis pas une mère. Seulement une *nanny*.

— Et moi, le père du nouveau Club.

— Je sais par Mary que tu consacres ta vie à ton établissement et qu'il remporte un vif succès. Félicitations.

— Merci.

Il y eut un instant de flottement. Un silence allait s'installer, qu'Allison s'empressa de combler.

— Comment va Shari ?

— Elle travaille au Club avec moi, mais désormais ce ne sera plus qu'à mi-temps : elle se marie avec Garrett McNamara le mois prochain.

— Quelle jolie histoire ! Shari fondait dès qu'elle voyait Garrett au lycée ! J'adore quand les rêves deviennent réalité.

Tout en parlant, Allison regardait Dylan. Le passage des années lui avait vraiment réussi. Pourquoi n'avait-elle pas su rester, comme Shari, fidèle à ses rêves ? En cet instant, elle aurait donné n'importe quoi pour effacer la dernière décennie, redevenir la jeune fille de dix-huit ans qu'aimait Dylan Johnson, et accepter ces fiançailles qu'il lui proposait chaque week-end, lorsqu'ils se retrouvaient seuls pour s'aimer à en perdre la tête.

— Nerveuse ? demanda laconiquement Dylan.

Elle comprit qu'il percevait ses émotions intimes — et les partageait peut-être.

— Un peu.

— Jamais nous ne sommes restés si longtemps face à face sans nous embrasser.

— C'est vrai.

Comme s'il mesurait le moindre de ses gestes, il sortit une main de sa poche, l'approcha du visage d'Allison, et le caressa doucement en redessinant du bout des doigts la pommette veloutée, avant de s'arrêter à la commissure des lèvres.

Tel un chat reconnaissant, elle tourna la tête de côté pour lécher l'index qui l'effleurait.

Pour Dylan, ce fut comme si elle avait allumé une mèche conduisant à un détonateur. Il la saisit entre ses bras, la pressa contre sa poitrine et l'embrassa avec une voracité entretenue par dix années de frustration, de douleur et de regret.

Comme elle se mettait à gémir, tout en accentuant la pression de son corps contre le sien, il s'avisa soudain que s'il s'abandonnait au désir qui le dévorait, il retrouverait l'enfer qu'il avait connu lorsque Allison l'avait quitté.

Car elle le quitterait de nouveau, il en était persuadé. Elle était venue lui demander un service, et ce service rendu, elle repartirait. Or, il ne voulait pas revivre les affres du désespoir qui avait saccagé de longs mois de son existence. Certes, il s'était ensuite habitué à la mélancolie qui l'habitait en permanence, mais il ne trouverait pas en lui deux fois la force de surmonter la déréliction dans laquelle le plongerait un nouvel abandon.

Il dénoua ses bras et la repoussa. Elle ne s'en offusqua pas. Il en fut soulagé et déçu en même temps. Sans doute, au fond de lui, avait-il nourri l'illusion qu'elle était revenue pour lui dire qu'elle l'aimait toujours...

— Et si tu me disais pourquoi tu es ici, Allison ? Et pourquoi toute cette mise en scène : la lettre, l'église à 11 heures du soir, ta fuite à Central Park...

Il se préparait à subir une manipulation en toute conscience. Allison n'avait pu changer. Autrefois, elle était autoritaire, exigeante, et lui imposait tous ses désirs. Immanquablement, elle choisissait l'endroit où ils dîneraient, celui où ils iraient se promener, quel film ils verraient... Et il se laissait dominer. Par amour. Etre fou amoureux le rendait faible.

Mais il avait reçu une sacrée leçon. La rupture l'avait endurci. Allison ne le subjuguerait plus. Néanmoins, il ne pouvait lui refuser son aide.

— Dylan, je ne sais comment te dire ce qui ne va pas...

Cette hésitation l'agaça tellement qu'il tourna les

54

talons et commença à marcher vers le chœur, en lançant :

— Ravi de t'avoir vue, Allison. Mais si tu es incapable de me dire pourquoi tu m'as fait venir ici à cette heure indue, tant pis pour toi. Ciao !

— Dylan ! Non !

Ce cri de détresse le stoppa net.

— Parle, Allison.

— Je ne peux pas rester plus longtemps au presbytère. Les gens vont se poser trop de questions, découvrir qui je suis, et le secret de ma présence sera vite éventé. Tu es le seul qui puisse m'aider, le seul sur lequel je crois pouvoir compter.

Il fit demi-tour, revint vers elle et attendit.

— Dylan, en souvenir du passé... Des moments de bonheur... Aide-moi ! Essaie d'oublier ce... ce qui te fait mal, je t'en prie !

Il hésita, partagé exactement comme elle le disait entre le souvenir du bonheur et celui, malheureusement toujours bien vivace, de la peine.

Puis le désarroi qui semblait la ronger le décida.

— D'accord. Raconte-moi tout.

— Allons au presbytère. Cela simplifiera les explications.

Ils sortirent par le jardin potager et après avoir remonté l'allée principale, entrèrent dans la demeure du prêtre, par la cuisine qui était restée éclairée.

— Ah, vous voilà enfin, vous deux ! s'écria Mary en s'arrêtant de bercer l'enfant qui pleurait dans ses bras. Je commençais à désespérer... C'est que je n'ai pas l'habitude des nourrissons, moi... Tenez, prenez-la vite...

Dès qu'Allison serra le bébé contre elle, les pleurs cessèrent comme par enchantement. Puis, au son d'une douce comptine, les grands yeux d'ambre de la fillette commencèrent à se fermer...

Malgré lui, Dylan s'émerveilla du savoir-faire d'Allison.

Elle savait vraiment s'y prendre avec un bébé, se dit-il. Instinctivement, l'enfant lui faisait confiance et se sentait en sécurité contre son sein.

— Vous voulez que je la mette dans son berceau avant d'aller me coucher, Allison? demanda Mary.

— Non. Je voudrais qu'elle s'habitue à la présence de Dylan, qu'elle entende sa voix, sente son parfum.

— Mais elle dort.

— Pas profondément.

— Bon. Je vous laisse, alors, dit Mary en quittant la pièce.

Un moment gêné, Dylan finalement se mit à l'aise et, après avoir posé son blouson sur le dossier, tira une chaise pour s'y asseoir.

Instantanément chavirée par la vision des puissants biceps et des pectoraux qui jouaient sous le T-shirt, Allison chercha une diversion.

— Veux-tu la garder un peu? Le temps que je fasse du café? demanda-t-elle après s'être un peu reprise.

— Quoi? Que... que moi, je la tienne?

— Bien sûr. C'est facile. Tu places une main sous la nuque, l'autre sous les reins, puis tu la serres contre toi.

Allison avait contourné la table et tendait le bébé. Dylan le prit, d'abord comme s'il s'était agi d'une pièce de cristal d'une extrême fragilité, puis suivit les instructions d'Allison.

Une sensation inconnue s'empara alors de lui. Le petit être innocent, dépourvu de toute défense, la pureté incarnée qu'il tenait dans ses bras l'émouvait au point de lui embuer les yeux de larmes.

— Quel âge a-t-elle?

— Huit mois.

— Bon sang, Allison, elle pourrait être à toi! Vous avez le même petit nez retroussé, des yeux immenses...

— Oui, mais je suis blonde aux yeux bleus, et elle est auburn aux yeux dorés. Couleur d'ambre pour être précise.

Rachel avait soulevé les paupières et regardait Dylan. Un sourire se forma sur ses petites lèvres et deux fossettes creusèrent ses joues.

— Elle est vraiment chouette, commenta Dylan. Où sont ses parents? Comment se fait-il que tu te balades seule avec cette gosse et n'ait même pas de chambre d'hôtel? Car tu n'en as pas, si j'ai bien compris. Tu habites au presbytère.

— Tu viens d'aller droit au cœur du problème, Dylan.

— Ça ne m'avance guère. J'attends la suite de l'histoire.

— Bien. Je vivais en Floride. J'ai été engagée comme nurse de Rachel, c'est son prénom, il y a huit mois. Dès sa naissance, en fait.

— Par ses parents?

— Non. Par un homme très riche dont tu as peut-être entendu parler: Howard Cantor.

— J'ai déjà vu son nom dans la rubrique financière du *Times*.

— Brian Cantor, le fils d'Howard, et sa fiancée, Stacy, sont les parents de Rachel. Brian et Stacy avaient prévu de se marier mais ils ont mis la charrue avant les bœufs: Rachel est née alors qu'ils sortaient ensemble. Mais Brian n'a pas mis un instant en doute sa paternité et a reconnu l'enfant qui porte donc le patronyme de Cantor. En revanche, il n'en a pas apporté la preuve à Howard. Mais tout cela n'aurait pas eu d'importance si le destin ne s'était pas mis en travers de la vie de Brian et Stacy...

— Que veux-tu dire ?

— Brian et Stacy se sont tués il y a un mois dans un accident de voiture, avant d'être passés devant le maire.

— Quelle triste histoire !

— Navrante, oui. Howard est devenu fou de chagrin. Il a pris un avion pour l'Australie, espérant trouver dans un safari-photo quelque oubli.

— Et il a laissé le bébé sous ta garde.

— Oui, mais je m'occupais déjà d'elle du vivant de ses parents. Je n'étais pas seule dans la maison. Il s'agit d'une immense demeure dont Brian et Stacy occupaient une aile. Dans l'autre étaient installés le neveu d'Howard, Marcus, et sa femme, Nanette. Howard habitait l'appartement principal. Ainsi toute une famille vivait sous le même toit. Howard aimait s'entourer des siens. La mort de son fils l'a bouleversé.

— Je trouve bizarre qu'il ait abandonné la fillette pour partir en Australie.

— La douleur le rendait malade. Il a eu l'impression qu'en partant pour l'autre bout du monde, il se sentirait mieux.

Allison marqua un temps, songeant à la petite orpheline dont l'avenir paraissait de plus en plus compromis.

— En fait, reprit-elle, il doutait que ce bébé fût vraiment de son sang. Il se méfiait et se disait que Stacy aurait très bien pu mentir sur la paternité de Brian.

— Pourquoi cela ?

— A cause de la fortune des Cantor ! Mieux valait pour elle prétendre que le nouveau-né était de Brian

58

plutôt que du fils de l'épicier du coin, si celui-ci était aussi son amant. Donc, avant de s'en aller pour l'Australie, Howard a fait procéder à des tests d'A.D.N., et comptait en découvrir le résultat à son retour, car ils sont longs à réaliser.

— Brian aurait dû s'en occuper de son vivant !

— Il y était opposé. Pour lui, Rachel était sa fille, et il n'avait pas à en apporter la preuve. Howard a respecté cette volonté, mais une fois son fils disparu, il a fait prélever un peu de sang de Rachel et l'a envoyé à un laboratoire. Et les résultats sont arrivés en son absence. C'est son neveu Marcus qui a ouvert l'enveloppe et appris la vérité. Marcus qui, par la mort de Brian, était devenu le seul et unique héritier d'Howard !

— Je commence à me faire une idée du tableau. Marcus craint qu'un beau filon d'or ne lui passe sous le nez.

— Oui. Il travaille avec Howard, mais s'imaginait bien en rentier milliardaire le jour où Howard quitterait ce monde.

— Est-ce Marcus qui t'a raconté que les tests d'A.D.N. étaient positifs ?

— Non. J'ai surpris une conversation entre sa femme et lui. Je me trouvais sur le balcon du premier étage et eux sur la terrasse au rez-de-chaussée. Ils me croyaient dans le parc en train de promener Rachel.

— La discussion entre le neveu et son épouse a dû être édifiante.

— C'est le moins qu'on puisse dire. Ils étaient furieux à l'idée de ne plus hériter. Ils ont envisagé de faire un faux, puis ont renoncé parce qu'ils se doutaient qu'Howard demanderait confirmation au laboratoire.

— Donc, ce Marcus cherche une solution pour écarter l'héritière encombrante.

— Exactement. Et sa femme peut-être encore plus. Ce sont des monstres, Dylan. Ils... ils veulent se débarrasser du bébé.

Dylan eut un haut-le-corps.

— Ils ne songent tout de même pas à la tuer !

— Ils y ont pensé et, finalement, y ont renoncé, non par scrupule, mais par peur de se faire prendre. Mais ils ont trouvé un moyen d'arracher Rachel à son grand-père...

— De quelle manière ?

— En vendant le bébé. Parmi les candidats à l'adoption, il y en a qui sont prêts à s'adresser au marché noir...

— Mais à son retour, Howard demandera où est l'enfant, non ?

— C'est là qu'ils exhiberont des résultats d'A.D.N. négatifs et expliqueront qu'ayant découvert que le bébé n'était pas une Cantor, ils ont préféré prendre eux-mêmes les mesures qui s'imposaient pour ne pas ajouter au chagrin de leur oncle.

— Tu as dit qu'Howard demanderait confirmation des tests.

— Si le bébé était toujours à la maison, oui. Mais jamais il ne soupçonnerait son neveu d'avoir fait adopter un bébé dont Brian aurait été le père. Il croira Marcus et le papier qu'il lira. Il ne cherchera pas plus loin et sera reconnaissant à Marcus de lui avoir épargné un traumatisme en éloignant Rachel définitivement. Il appréciera que son neveu ait pris cette responsabilité.

— Je comprends maintenant pourquoi tu t'es enfuie avec le bébé. Et je parie que tu te caches parce que ce Marcus a lancé la police à tes trousses.

— Non. Je n'ai commis aucune illégalité. Howard m'a confié Rachel. Je n'ai aucun compte à rendre à son neveu. En revanche, Marcus va retourner ciel et terre pour me retrouver, sans passer par la police. Il paiera des hommes de main, des détectives. Et quand il récupérera Rachel, il me fera arrêter... Il a déjà imaginé une mise en scène pour me neutraliser : je serai accusée du vol d'un collier de rubis appartenant à sa femme et provenant des bijoux de famille. Je serai envoyée en prison, et Marcus fera adopter Rachel en quatrième vitesse : le temps court contre lui, car Howard doit rentrer dans une semaine, une dizaine de jours au maximum. Je dois donc rester dans la clandestinité jusqu'à ce moment.

Dylan resta quelques instants silencieux, fixant Allison avec acuité.

— Qu'attends-tu de moi ? demanda-t-il enfin. De l'argent ? Que je t'amène quelque part ?

— Non, Dylan. Que tu me procures un abri sûr et que tu me protèges.

6.

Dylan eut l'impression que son cœur allait cesser de battre. Allison voulait habiter avec lui ! Ce dont il avait tant rêvé arrivait enfin, mais vraiment pas de la manière qu'il avait prévue.

— Tu espères que je vais t'héberger, c'est ça ?

— Oui. Jusqu'au retour d'Howard.

— Et comment sauras-tu qu'il est rentré ?

— Le père Clausen a appelé la secrétaire personnelle d'Howard. Il s'est fait passer pour un vieil ami d'université qui désirait reprendre contact avec lui. Il lui a laissé son numéro de téléphone, et elle appellera dès l'arrivée d'Howard.

— Mais Howard ne fera aucun effort pour joindre un parfait inconnu !

— Si, parce que le père Clausen a prétendu avoir par hasard rencontré Brian peu avant sa mort. Howard voudra parler à l'une des dernières personnes ayant vu son fils vivant.

— Le père Clausen va donc mentir ? Lui, un prêtre ?

— Pour la bonne cause, oui.

— Mmm. Je suppose qu'ensuite il ira à confesse chez l'évêque.

— Probablement. Mais revenons à ce que j'attends de toi, Dylan. Tu possèdes une maison immense, et tu m'as dit que Shari allait se marier.

— Elle a déjà quitté la maison. Elle habite avec Garrett.

— Je me ferai toute petite, Dylan. J'occuperai la chambre la plus éloignée de la tienne. Je serai aussi silencieuse qu'une souris, et Rachel n'est pas du genre à pleurer pour un oui ou pour un non. Nous ne te dérangerons pas.

— Admettons. Mais ce Marcus va immédiatement penser que tu t'es réfugiée dans ta ville, à New York. Sur les références que tu as fournies à Howard, tu as dû mentionner ton adresse. Il fouillera dans les affaires de son oncle et la trouvera.

— La mienne, oui, mais pas la tienne. Dylan, quand j'aurai tout expliqué à Howard, il se montrera généreux. Tu seras dédommagé pour ta peine.

A cette précision, Dylan eut la sensation d'avoir reçu une gifle.

— Pour qui me prends-tu, Allison ? Je ne veux rien. Si j'accepte de te rendre ce service, ce sera par pure bonté d'âme... et pour le bébé.

— Tu... tu vas m'aider, Dylan ?

— Oui. Je te protégerai. Et elle aussi.

Dylan avait baissé les yeux sur la fillette endormie dans ses bras. La sentir contre lui, savoir qu'elle lui faisait confiance au point de sombrer dans un profond sommeil l'émouvait profondément.

— Tu devrais me la donner, suggéra Allison. Tu dois en avoir assez de jouer à la poupée.

Déjà, elle se penchait sur lui, mains tendues, mais il déclina d'un signe de tête, tout en resserrant son étreinte autour du petit corps.

64

— Non, non. Ça va très bien.

Une expression étonnée et amusée se peignit sur les traits d'Allison.

— Je n'aurais jamais osé espérer que tu t'attaches à elle aussi vite. Cela compensera la rancune que tu dois éprouver envers moi.

— Les enfants m'adorent, et je le leur rends bien. Celle-ci ne fera pas exception.

— Parfait. Ainsi, j'aurai le courage de te demander un autre service.

— Lequel?

— D'aller faire les achats de première nécessité pour Rachel. Je ne veux pas me montrer dans le quartier. La petite doit rester cachée, et moi aussi. Pourrais-tu aller dans un supermarché éloigné et t'occuper des couches, des petits pots? Elle a aussi besoin de draps, d'un édredon et de vêtements. Des grenouillères suffiront amplement, mais il faut acheter tout cela dans la plus totale discrétion.

Un instant, Dylan resta silencieux, le regard perdu dans le vague. N'osant l'interrompre pendant que, manifestement, il réfléchissait, Allison attendit, suspendue à ses lèvres.

— C'est une drôle de coïncidence, dit-il enfin. Mon copain Jimbo a aussi une fillette qui s'appelle Rachel.

— Et alors?

— Eh bien, il me vient une idée, mais laisse-moi la creuser. Après une bonne nuit de sommeil, j'aviserai... A demain...

Et perplexe, Allison ouvrit les bras alors qu'il lui rendait l'enfant, et le vit quitter la pièce si songeur qu'elle n'osa lui dire bonsoir.

✳

Dès que l'aube pointa, Dylan téléphona à Jimbo.

— T'es fou, ou quoi ? Tu sais quelle heure il est ? s'exclama Jimbo.

— 6 heures du matin, oui. Et toute ta famille est debout puisque votre vol est à 7 h 30.

— C'est pour ça que je n'ai pas de temps à perdre en bavardages, Dylan. Nous sommes tous sur le pied de guerre, ici.

— Tu n'as donc trouvé personne pour garder Rachel.

— Non. Elle nous accompagne, mais c'est sans problème. Elle est sage comme une image.

— Une image qui hurle : je l'entends derrière toi. Elle braille à ameuter le quartier.

— Ouais, mais ça ne durera pas : elle a eu une otite et a encore un peu mal.

— L'avion n'arrangera pas les choses. Elle va déguster, avec la pressurisation !

— J'en ai bien peur, oui, mais qu'est-ce que nous pouvons faire d'autre ? On ne va pas la déposer au chenil, quand même !

— Ce dont Rachel a besoin, c'est d'une *nanny*, quelqu'un d'affectueux qui s'y connaisse en bébés et prenne soin d'elle ici.

— C'est évident. Mais nous n'avons pas mis la main sur cette perle rare.

— Dommage. Enfin, bon voyage quand même. Vous serez absents dix jours, c'est ça ?

— Oui. Allez, ciao.

Dylan salua à son tour et raccrocha : la solution était trouvée. Rachel Cantor allait prendre la place de Rachel Travis. Les deux fillettes avaient le même âge. Les voisins n'y verraient que du feu.

**

Par la fenêtre du taxi, Dylan regardait Allison qui sortait du jardin du presbytère, les mains jointes sur un paquet de lainages enroulés qui dissimulaient Rachel.

De nouveau coiffée de son foulard, Allison dissimulait son visage. Mais lui, il savait quels traits délicats et quelle chevelure d'or se cachaient sous la soie. Et son cœur battait la chamade.

Avant de rejoindre le taxi, Allison se tourna vers Mary.

— Merci, Mary. Méfiez-vous, quelqu'un pourrait venir vous poser des questions... Vous ne parlerez à personne de ma présence ici, n'est-ce pas ? C'est promis ?

— Promis, juré, ma fille. Allez, va vite maintenant...

Le trajet s'effectua en silence jusqu'au moment où la jeune femme s'étonna d'une anomalie.

— Pourquoi ne prenons-nous pas la direction de ta maison ou du Club, Dylan ? Où allons-nous ?

— Tu verras bien.

Allison remarqua que le taxi faisait un détour pour éviter le quartier du Club, et se dirigeait vers la Cinquième Avenue. Il s'arrêta devant un élégant immeuble de la fin du xixe siècle à la façade ornementée.

— Mais c'est la maison de Garrett McNamara ! s'écria Allison. Je me rappelle que nous venions le chercher ici quand nous allions au parc !

— Sa mère y habite.

— Un vrai dragon, si je me souviens bien. Elle veillait sur son fils avec une férocité qui nous impressionnait tous ! Quand je pense qu'elle va être la belle-mère de Shari...

— Elle a beaucoup changé, en mettant de l'eau dans son vin, comme on dit. Elle adore toujours se mêler de tout ce qui ne la regarde pas et régenter son monde, mais elle a un bon fond.

— Et ta sœur, sera-t-elle dans la confidence? Je suis sûre qu'elle serait la première à nous aider, car nous étions amies, à l'école, toutes les deux...

Embarrassé à l'idée que Shari n'aurait pas aimé rendre service à la femme qui avait fait tant de mal à son frère, Dylan éluda la question.

— Shari est très prise : le mariage approche, et elle a mille choses à faire.

— Gwen McNamara doit être au moins autant occupée.

— Oui, mais Gwen a des nerfs d'acier. Elle peut faire face à plusieurs problèmes en même temps. Hier, quand je lui ai raconté notre histoire, elle a été très émue, et...

— Quoi? Tu as parlé de *nous* à la mère de Garrett?

— Oui. J'avais besoin de me confier. C'était avant que je te rencontre au presbytère. Gwen m'a attentivement écouté et réconforté. Et si cela peut te rassurer, elle ne se souvient pas du tout de toi. Allez, descends de ce taxi : Gwen nous attend.

A contrecœur, Allison mit pied à terre et, tout en serrant Rachel dans ses bras, balaya du regard l'impressionnante bâtisse.

Le concierge en uniforme qui se tenait sous le dais de l'entrée, s'empressa d'ouvrir la porte dès qu'il vit Dylan fouler l'épais tapis rouge qui se déroulait du trottoir jusqu'au hall.

Gwen McNamara était assez riche pour occuper à elle seule un immeuble de cinq étages.

La cabine d'ascenseur s'ébranla et après une courte

course s'ouvrit sur une vaste antichambre meublée avec goût dans le style Louis XVI : canapé et fauteuils à pieds fuselés, lustre vénitien, murs peints en trompe-l'œil, parquet marqueté... Le luxe, le vrai, sans ostentation.

Une porte à doubles vantaux révéla un salon sur le seuil duquel se tenait Gwen. Manifestement, elle venait de quitter un fauteuil auprès de l'une des fenêtres : un journal déplié était posé dessus.

— Ainsi, voilà la jeune fille du carrousel, dit-elle en guise d'introduction, prouvant ainsi à Allison que Dylan lui avait vraiment raconté toute l'histoire.

Vêtue d'un tailleur qu'Allison estima provenir de Chanel, Gwen McNamara en imposait avec sa haute taille, son allure altière et son collier aux perles de la taille de noisettes.

Elle souriait, ce qui réconforta Allison : après tout, Dylan avait peut-être raison en affirmant que la mère de Garrett s'était adoucie avec le temps.

— Asseyez-vous, dit-elle en tendant la main vers le sofa de cuir blanc.

Son regard scrutateur évaluait la mise d'Allison, laquelle en jean délavé et chandail déformé ne montrait rien de sa coquetterie habituelle.

— Vous êtes nurse, continua Gwen. C'est un métier honorable.

— Qui rapporte d'excellents salaires, se hâta de préciser Allison.

Par souci de discrétion, elle avait abandonné ses jolis vêtements chez les Cantor, enfilant de vieux effets qui lui permettaient de se confondre avec les murs, à l'exception de sa veste rouge choisie pour sa chaleur et finalement laissée au presbytère.

Gwen se réinstalla dans son fauteuil, posa le journal

par terre, et, finalement, croisa les mains sur ses genoux.

— Maintenant, dites-moi ce que vous attendez, Dylan.

Après avoir pris une profonde inspiration, il parla de la fonction d'Allison chez les Cantor, et des risques qu'encourait Rachel si elle restait dans la maison de Miami.

— Dès qu'Howard Cantor sera rentré du Kenya, tous les problèmes seront résolus, conclut Dylan. Mais, dans l'immédiat, il faut cacher Allison et Rachel.

— Je connais un peu Howard, dit Gwen. Je l'ai rencontré lors de galas de charité. C'est un homme charmant, et la mort de son fils l'a plongé dans le désespoir, ce que je comprends aisément, étant moi-même mère d'un enfant unique. Il est donc en effet primordial qu'il apprenne qu'il est grand-père. Cela adoucira sa peine.

— Mon plan est le suivant : Allison travaillera au Club. Jamais Marcus Cantor ne viendra la chercher là : il aura tôt fait d'apprendre par les détectives qu'il a certainement déjà embauchés que, entre Allison et moi, l'entente n'est pas idyllique. Personne n'ira donc chercher Allison au Club. Quant au bébé, nous le ferons passer pour la fille de Jimbo Travis qui est en voyage pour dix jours.

— Mais vos amis se rendront compte que cette fillette, qui dort comme un ange, entre parenthèses, n'est pas celle de Jimbo !

— Pas du tout. Aucun d'entre eux n'a jamais vu Rachel Travis qui reste avec sa maman dans la maison de Jimbo, dans le Queens. Seul Jimbo vient au Club. Pas sa femme. Et encore moins son bébé.

— Je comprends. Comment comptez-vous procéder, Dylan ?

— Je vais installer Rachel dans l'appartement au-dessus du café et je m'occuperai d'elle moi-même pendant deux ou trois jours, histoire de voir ce qu'il se passe. Puis Allison nous rejoindra et prendra sa place parmi les serveuses. Les hommes de main de Marcus devraient pointer leur vilain museau dans les vingt-quatre heures.

— Vous avez dit qu'ils n'envisageraient pas qu'Allison puisse être auprès de vous, objecta Gwen.

— Ils s'en assureront néanmoins. Ils passeront au Club, j'en mettrais ma main à couper, mais ne s'attarderont pas. Et ils ne reviendront pas. A partir de ce moment, Allison pourra se montrer et tenir son rôle de nurse de Rachel Travis.

— Hé, une minute, Dylan! intervint Allison. Tu n'entends tout de même pas me séparer de Rachel!

— Pour un ou deux jours, trois au pire, si.

— Mais elle est sous ma responsabilité!

— Je le sais. Et elle va passer sous la mienne pendant quelque temps.

— Pourquoi ne puis-je arriver en même temps qu'elle au Club?

— Parce que les gens s'interrogeraient : comment la personne censée veiller sur la fille de Jimbo Travis oserait-elle travailler au café alors qu'elle a charge d'âme? Ce que je vais dire, c'est que c'est à moi que les Travis ont confié leur fillette. Puis une nouvelle employée arrivera et fondra devant le bébé. Elle me libérera alors d'une grande partie de la tâche en s'occupant de Rachel. Cette employée, ce sera toi, Allison.

— Je trouve votre idée excellente, Dylan, approuva Gwen. Personne ne concevra le moindre soupçon. Mais qu'ai-je à faire dans ce scénario?

— Vous, Gwen ? Eh bien, abriter Allison jusqu'à ce que je juge qu'elle peut venir au Club et y être en sécurité.

Gwen pouffa.

— Je vais être la nurse d'une jeune femme de... Quel âge avez-vous, Allison ?

— Vingt-huit ans.

Le rire de Gwen s'accentua.

— Je pense qu'à cet âge vous serez capable de vous nourrir vous-même et n'aurez nul besoin de langes !

Mais l'expression maussade d'Allison obligea Gwen à reprendre son sérieux.

— Pardonnez-moi, Allison. Vous serez mon invitée. Ne m'en veuillez pas pour mon mauvais sens de l'humour.

Allison hocha la tête. Oui, elle pardonnait. Elle n'avait d'ailleurs pas d'autre choix. Elle s'en était remise à Dylan, et il avait élaboré un plan plutôt astucieux.

Gwen se leva, alla chercher son agenda, et décrocha son combiné sans fil.

— Il est évident qu'avant d'aller vous installer au Club vous aurez besoin de changer d'apparence, Allison. Je vais faire appel à une maquilleuse de théâtre qui vous métamorphosera. Vous n'avez rien contre les cheveux noirs, j'espère ?

— Euh... Non.

— Bien. Ma coiffeuse viendra à domicile vous transformer en adorable brunette. Ensuite, mon opticien fera livrer des lentilles de contact marron et des lunettes aux verres teintés. Et la maquilleuse fera le reste : votre teint opalin deviendra bronzé au point que l'on vous croira de retour d'une croisière aux Caraïbes.

— Mais je ne saurai jamais me remaquiller ! Je mets à peine un peu de poudre et du blush sur les joues ! Si je colore ma peau en brun, j'aurai l'air d'une Indienne sur le sentier de la guerre, avec des traînées affreuses !

— Vous aurez quelques jours pour apprendre.

— Oui, c'est vrai...

— Le plus difficile sera de faire de Rachel une rousse. Elle va hurler quand on va lui passer la teinture.

— Quoi ? Rachel aussi va être...

— Hélas, il le faut : la fille de Jimbo Travis est rousse. Poil de carotte, dirais-je. Une vraie petite Irlandaise.

Allison roula des yeux horrifiés.

— Mon Dieu... on va enlaidir ce bébé si mignon...

— Mais non, elle sera adorable, vous verrez, assura Gwen.

Ses lunettes en demi-lune sur le nez, elle commença à noter quelques numéros de téléphone. Allison en profita pour se tourner vers Dylan qui enroulait une mèche auburn de Rachel autour de son index. La fillette souriait dans son sommeil.

— Dylan, est-ce vraiment nécessaire ? Tous ces changements, je veux dire ?

— Pour ta sécurité et celle de Rachel, oui. Les hommes de Marcus chercheront une jeune femme blonde aux yeux bleus et une fillette auburn aux yeux d'ambre. Une brune au teint mat et un bébé rouquin ne les intéresseront pas. Ainsi, tu seras libre de tes mouvements à l'intérieur du Club et, s'il te prend l'envie d'aller promener Rachel, tu le pourras, incognito.

— Mmm. Je crois qu'il serait plus sage et plus simple que je me terre quelque part...

— Si Howard ne rentre que dans dix jours, tu deviendras folle, Allison. Et la petite aussi. Vous ne pouvez pas rester cloîtrées dans une chambre de motel pendant si longtemps.

— Mais dans ta maison, Dylan...

— Je ne vis plus dans la maison, je te l'ai déjà dit, mais au-dessus du Club. Et d'ailleurs, ma maison est un vrai aquarium. Oublies-tu les immenses baies vitrées ? Il faudrait tirer les rideaux dans la journée, et cela intriguerait tout le voisinage. Si ton souhait est que tout le monde se pose des questions, c'est exactement ce qu'il faut faire : t'installer chez moi. Ainsi, quand les types de Marcus viendront faire leur petite enquête, au lieu de repartir bredouilles et sans tarder, ils resteront dans le coin jusqu'à ce qu'ils aient élucidé le mystère de la maison Johnson aux fenêtres soudain occultées.

— Oh... Je n'avais pas pensé à cela.

— C'est parce que tu tablais sur la subtilité de mon esprit que tu es venue me trouver, n'est-ce pas, Allison ? demanda Dylan d'un ton ironique. Alors fie-toi à moi.

Tandis que son interlocutrice restait coite, sidérée par la réplique, Dylan reporta son attention sur le bébé pendant que, de son côté, Gwen continuait à noter des numéros de téléphone.

Dylan avait raison, se dit finalement Allison. Lui seul pouvait l'aider, elle en était persuadée. Elle n'allait donc pas discuter ses décisions. Seulement prier pour qu'elles fussent bonnes.

— Savez-vous comment je vais justifier tous ces changements qu'il faut apporter à Allison et au bébé ? demanda soudain Gwen.

Elle avait retiré ses lunettes et semblait très amusée.

74

— Dites-nous, l'encouragea Dylan. Je suis certain que vous avez eu une idée lumineuse.

— Broadway, les feux de la rampe qui attirent tant d'aspirants comédiens... Je dirai à ma coiffeuse et à tous ceux qui collaboreront à la métamorphose qu'Allison arrive du Sud avec sa fille pour participer à un *casting* : il y a des auditions en cours en ce moment pour une comédie musicale qui se passe au Far-West au temps des pionniers. Le metteur en scène a donc besoin de plusieurs mères avec leurs enfants. Et puis, de toute façon, la moitié des habitants de cette ville est en permanence en train de chercher un rôle ou un autre. Il n'y aura donc rien d'étonnant à ce qu'Allison et sa fille postulent pour quelque figuration. On pourra même dire qu'elle veut tenter sa chance pour des spots télévisés.

— Gwen, vous êtes formidable ! s'écria Dylan. Je savais que je pouvais compter sur vous.

— Reste un problème, néanmoins.

— Lequel ?

— Shari. Imaginez qu'elle passe au Club lorsque Allison y sera ?

— Elle est trop occupée par les préparatifs du mariage. Et je lui dirai que, puisqu'elle ne peut plus travailler avec moi pour le moment, j'ai embauché une nouvelle employée. Elle n'aura donc aucune raison de venir. Vous trouverez de quoi remplir son emploi du temps du matin au soir, Gwen, j'en suis sûr.

— Je m'y efforcerai. Mais si elle désire venir vous voir, je serai incapable de l'en empêcher.

— Dans ce cas, nous prierons pour qu'elle ne reconnaisse pas Allison dans cette brune aux yeux noirs qui la remplacera.

— Moi, je la reconnaîtrai, dit cette dernière. Et je courrai me cacher.

— Dans ce cas, tout devrait se dérouler sans anicroche, assura Gwen.

Sur ces mots, elle composa un numéro sur le cadran de son téléphone et annonça en attendant que son correspondant décroche :

— Nous allons commencer par la coiffeuse.

7.

— Hé ! Regardez donc ce que mon frère nous apporte !

La voix de stentor de Shari fit se tourner toutes les têtes vers Dylan qui venait d'entrer au Club et qui portait Rachel emmitouflée dans une couverture.

Une bouffée de colère le traversa. Il avait souhaité une arrivée discrète, et voilà que ce matin Shari s'était piquée de venir travailler au café, faisant de lui grâce à sa réflexion le point de mire de tous les employés et des clients.

Il marcha droit sur elle, en direction de la caisse derrière laquelle elle se tenait.

— Qu'est-ce que tu fiches ici ?

— Dylan, tu sembles avoir oublié ce que disait maman : d'abord, il y a l'amour, puis le mariage et ensuite les bébés. Aurais-tu commencé par la fin ?

— Ne dis pas d'âneries. Sais-tu à qui est cette enfant ?

— Je la croyais tienne...

— Pfff... Rachel est la fille de Jimbo Travis.

En entendant son nom, Rachel sourit, ce qui convainquit Shari.

— Tu gardes le bébé pendant les vacances de

Jimbo ? Toi ? Est-ce que tu te rends compte du boulot que cela représente ?

— Cela ne te laissera guère le temps de t'occuper du Club, confirma Tracy.

— Je me ferai aider. Je vais embaucher une nouvelle serveuse. Avec un peu de chance, elle aura des notions de puériculture et pourra me décharger de quelques changements de couches. Je mettrai une annonce dès demain matin sur la vitrine. La fille que j'engagerai travaillera un peu en salle, mais s'occupera surtout de Rachel.

— Dommage que je n'aie pas une minute à moi, dit Shari en caressant la joue du bébé. J'adore les petites rouquines comme celle-là... et prendre soin d'elle m'aurait entraînée.

— Pourquoi t'entraîner ? Ton millionnaire de mari t'offrira une nurse qui t'épargnera les corvées de couches, de biberons et de pleurs...

— Sans doute. Et je ne m'en plains pas. En revanche, je te plains, toi qui es incapable de te trouver une épouse et qui es tellement seul que tu en es réduit à jouer les nounous pour un copain.

Préférant ne pas s'attarder, Dylan se contenta de hausser les épaules avant de se diriger vers l'escalier qui donnait sur l'appartement du premier étage, qu'il avait aménagé en garçonnière.

L'air circonspect, Gwen examina le reflet d'Allison dans la psyché.

— Vous êtes ravissante en brune. Complètement différente et extrêmement séduisante. Ajoutez donc un peu de mascara sur ces incroyables cils dont la nature vous a dotée, et la métamorphose sera complète. Et mettez un peu plus de blush sur vos pommettes pour creuser vos joues. Ce détail achèvera de transformer la forme de votre visage.

Après avoir suivi ces conseils, Allison retourna devant le miroir. Les nouveaux vêtements, le maquillage, la coloration des cheveux atteignaient le but recherché : elle ne se reconnaissait plus. Alors pour ce qui était des hommes envoyés par Marcus, la crainte n'était plus de mise.

— Vous n'auriez pas dû m'acheter ce tailleur hors de prix, Gwen. Vous êtes trop généreuse, dit Allison tout en lissant du plat de la main la laine fine de la jupe noire.

— J'ai toujours rêvé d'avoir une fille. En attendant de pouvoir gâter Shari, je me consacre à vous.

Elle marqua un temps avant d'ajouter :

— Comme vous vous consacrez à Rachel, ce que je trouve admirable. Vous la traitez comme votre propre enfant.

— C'est normal. Howard m'en a confié la responsabilité.

— Que comptez-vous faire à son retour ?

— Continuer à m'occuper d'elle. Je suis désormais la seule mère qu'elle ait. Elle est orpheline, et Howard n'aura jamais assez de temps à lui consacrer.

— Oui, mais vous, vous aurez des enfants à vous, votre famille. N'envisagez-vous pas de vous marier et d'avoir des bébés ?

— Non. L'attitude de ma mère envers moi m'a tellement traumatisée que j'ai peur de reproduire le même schéma si j'avais un enfant. On sait que les parents qui battent leurs enfants ont la plupart du temps été eux-mêmes battus quand ils étaient petits. De surcroît, les hommes ne m'inspirent aucune confiance. Le garçon que j'avais suivi à Hollywood, Ted Zane, m'a laissée tomber dès que les choses ont bien tourné pour lui.

— Il existe plusieurs types d'hommes. Les méprisables et les autres. Howard Cantor, par exemple, fait partie de la deuxième catégorie, d'après ce que j'ai entendu dire. J'avoue que je ne serais pas contre le fait d'avoir l'occasion de le fréquenter un peu plus intimement. Pour l'instant, il ne m'a vue que lors de deux ou trois galas de bienfaisance, et je crains qu'il n'ait gardé aucun souvenir de moi.

— Vous pourrez compter sur moi pour provoquer ce genre d'occasion si j'en ai la possibilité, Gwen.

— Ce serait merveilleux. Je me sens si seule... Et j'imagine que, quoi que vous prétendiez, vous souffrez aussi de la solitude. Dylan appartient lui aussi au groupe numéro deux, comme Howard. Pourquoi ne pas essayer de repartir de zéro avec lui?

— Dylan est marié avec son travail. Comme moi avec le mien.

— Erreur. Dylan travaille comme un forcené pour combler le vide de sa vie. Il rêve de fonder une famille. Je l'ai lu dans ses yeux quand Garrett lui a appris qu'il allait épouser Shari. Il semblait si triste... Si mélancolique... Dylan est mûr pour se poser, Allison, croyez-en mon intuition. Ne laissez pas échapper un être de sa valeur.

— Gwen, Dylan n'a rien oublié de sa peine. Je l'ai quitté il y a dix ans, aveuglée par un miroir aux alouettes. J'étais jeune, immature, inconsciente du trésor que je possédais. Et maintenant, il est trop tard. Dylan m'aide parce qu'il a une grandeur d'âme rare. Mais il ne m'a pas pardonné — et ne me fera jamais plus confiance.

— C'est ce que vous pensez, Allison. Moi, je vois

les choses autrement. Ecoutez mes conseils : faites votre possible pour ressusciter cet amour qui existait entre vous. Dylan est votre ultime chance : désabusée comme vous l'êtes, vous ne tomberez jamais amoureuse d'un autre.

Le téléphone sonna à 7 heures du soir, pendant que Dylan couchait Rachel dans le berceau prêté par Mary. Au lieu de laisser la fillette seule dans son petit lit, il la prit sous le bras comme un ballon de basket et courut décrocher.

— Dylan ? C'est Allison. Comment va Rachel ?

— On ne peut mieux.

Il s'assit sur l'accoudoir d'un fauteuil et cala le bébé sur ses genoux.

— Elle parle, ajouta-t-il. Elle dit « La-la ».

— Ça ne m'étonne pas : c'est comme cela qu'elle m'appelle.

— Dans ce cas, elle va te parler, dit-il avant de presser le combiné contre l'oreille de Rachel.

Et comme il demandait au bébé de dire bonjour à Allison, celle-ci entendit un « la-la » très éloquent.

— Je t'aime, ma poupée, répondit Allison. Tu me manques.

Dylan ressentit un pincement au cœur, tant l'accent de sincérité qui avait marqué l'intonation d'Allison l'émouvait.

Ainsi, pensa-t-il, elle était capable d'aimer vraiment. De là à en déduire qu'elle avait peut-être, autrefois, tenu un peu à lui...

— Allison, parlons de ta nouvelle identité. Je suggère Lily DuCharme. La nièce de la fameuse actrice Magda DuCharme, une amie de Gwen. Cela justifierait que tu occupes l'appartement de Shari au-dessus du Club : la mère de Garrett et elle sont très amies.

Au premier étage, Dylan s'était aménagé une garçonnière d'aspect monacal, alors que, au second, Shari avait transformé l'appartement en véritable bonbonnière.

— Va pour Lily DuCharme, acquiesça Allison.

— Bien. Cet après-midi, je mettrai un panneau sur la vitrine offrant un emploi immédiat. Ainsi, tu pourras apparaître dès demain matin, et je te présenterai aux autres comme étant la nouvelle serveuse, chargée de me donner un coup de main pendant que je serai occupé par la fille de Jimbo Travis. Ensuite, tu veilleras sur elle pendant les heures où tu n'officieras pas au Club. Cela te convient-il ?

— Oui. Mais Shari, que dira-t-elle ? A-t-elle vu Rachel ?

— Hier. Et cela l'a stupéfiée que je me charge d'un bébé. Elle trouvera normal que j'aie engagé une jeune femme pour me seconder.

— Est-ce que les affaires envoyées par Gwen sont arrivées ?

— Oui. C'était une bien meilleure idée de la charger de ces achats plutôt que de m'envoyer, moi, au supermarché. Des cartons de couches, des vêtements, des produits de toilette, des petits pots et du lait maternisé ont été livrés. Nous aurons de quoi subvenir aux besoins d'au moins dix enfants en bas âge.

— Gwen est une organisatrice hors pair. Ce soir, elle va m'apprendre comment dresser une table avec élégance et porter un plateau sans en faire tomber le contenu.

— Très bien. Cela te fera patienter, puisque apparemment tu brûles de revoir Rachel.

— C'est le cas. Mais la revoir implique que je te revoie aussi. Alors je voulais te dire ceci, Dylan : je ne te mentirai plus jamais. Le dernier mensonge que je t'ai fait a été de prétendre que tu étais mon seul petit ami alors que dans le même temps je donnais des rendez-vous à Ted Zane. Je ne recommencerai plus jamais. Je suis une femme, désormais. Pas une adolescente écervelée. Mais ce n'est pas pour autant que je suivrai les conseils de Gwen.

— Qui sont...?

— De reprendre nos relations de zéro. En fait, je ne suis venue te trouver que pour le bien de Rachel. Tu étais le seul être en qui je pouvais avoir confiance. Mais je n'ai pensé qu'à elle. Pas à moi. Pas à nous.

— Je te sais gré de ton honnêteté, Allison.

Au tremblement qu'elle perçut dans la voix de Dylan, la jeune femme s'interrogea. Se pouvait-il qu'il eût conçu quelque espoir de la reconquérir ? Mais il avait sa vie, atteignait ses trente ans. En aucun cas, il ne pouvait s'émouvoir de retrouver la petite amie de ses vingt ans.

— Bien, conclut-il, nous nous sommes tout dit pour ce soir, Allison. Je vais coucher Rachel. A demain.

Il raccrocha avant qu'elle ait eu le temps de lui souhaiter bonne nuit. Elle resta songeuse et mélancolique, le combiné à la main. Rompre aussi abruptement cette conversation avec Dylan lui faisait mal, et elle s'en étonnait.

Des pleurs stridents rompirent le silence de la nuit sur le coup de 3 heures du matin. Tout d'abord, Dylan crut avoir laissé le téléviseur allumé. Il tâtonna, encore endormi, à la recherche de l'interrupteur de la lampe de chevet. Un cri plus perçant que les précédents le rappela à la réalité : un bébé reposait dans le berceau installé à côté de son lit. Un bébé en détresse qui finirait par se déshydrater s'il continuait à hurler.

D'une main, il imprima un balancement au berceau, sans résultat. Rachel était bel et bien réveillée, et en colère, découvrit-il : aucune larme ne roulait sur ses joues. Quant à sa couche, elle était parfaitement sèche.

— La-la... La-la..., dit-elle entre deux plaintes.

La-la ? C'était ainsi qu'elle appelait Allison dans son langage de bébé, se rappela-t-il. Cette petite, à huit mois, était donc consciente de l'absence de celle qui s'occupait d'elle avec tendresse et vigilance jour après jour.

— Je ne suis pas La-la, Rachel, et c'est le milieu de la nuit ! Alors par pitié, rendors-toi !

Rachel resta de marbre face à ces supplications. Alors il la prit contre lui, la cajola, et fut tout étonné de voir qu'elle se taisait. Il attendit quelques minutes pour vérifier qu'elle s'était endormie et la remit dans le berceau.

Dans la seconde qui suivit, les cris reprirent et obligèrent Dylan à renouveler son câlin.

Soupirant lourdement, il entreprit de faire les cent pas dans l'appartement. Rachel en remerciement lui offrit un silence total. Mais il fallait qu'elle s'endorme. Alors Dylan s'assit dans le fauteuil à bascule et commença à se balancer. Il arrêta son mouvement dès qu'il se rendit compte que Rachel le fixait, ses yeux d'ambre bien ouverts.

— Hé flûte ! J'ai besoin de me reposer, moi ! Qu'est-ce que tu as ? Faim, peut-être ?

Il alla dans la cuisine où il mit un biberon préparé la veille au soir dans le four à micro-ondes. Quelques secondes plus tard, la sonnerie du four tintait. Il en sortit le biberon et glissa la tétine entre les lèvres du bébé, lequel avala une gorgée de lait avant de la recracher en grimaçant.

— Bon. Ce n'est pas la faim qui t'a réveillée. Et tu ne m'as pas l'air malade. Recommençons tout du début.

Il reprit ses allers et retours d'un bout à l'autre de l'appartement, et Rachel se tut de nouveau, paupières closes cette fois. Jugeant avoir emporté la bataille, Dylan reposa la fillette dans son berceau. A peine l'eut-il allongée que les cris reprenaient de plus belle.

Eperdu, il médita la situation. S'il devait passer la nuit à marcher dans la maison, demain, il ne serait bon à rien. Donc, une unique solution s'offrait à lui : appeler Allison au secours.

Il forma le numéro de l'appartement de Gwen sur le cadran, en espérant ne pas réveiller celle-ci. On décrocha instantanément, et il entendit :

— Salut, Dylan.

— Hein ? Allison... ? Mais comment savais-tu que c'était moi ?

— Mon sixième sens qui était en alerte. Mon métier de nurse m'a appris à ne dormir que d'un œil, et je sais que Rachel fait toujours une petite crise aux environs de 3 heures du matin.

— C'est donc ça ! Elle ne semble pas malade, n'a pas faim, pas de fièvre pour autant que je puisse en juger, et se calme dès que je la berce.

— Voilà ce que tu dois faire : as-tu un rocking-chair ?

— Oui. J'en sors à l'instant.

— Rassieds-toi dedans et prends Rachel tout contre toi.

— Ça y est.

— Bien. Maintenant, approche le téléphone de son oreille : je vais lui chanter sa berceuse préférée.

Dylan s'exécuta, brancha le haut-parleur de l'appareil et ferma les yeux tandis qu'une douce mélodie arrivait jusqu'à lui...

Au son de la voix apaisante d'Allison qui distillait une histoire de bébé emporté sur un nuage vers la lune, il se prit à imaginer la jeune femme en chemise de nuit de satin, ses seins tendant l'étoffe à chaque inspiration...

— Est-ce qu'elle s'est endormie ?

Il sursauta. Rachel dormait, mais lui revenait du pays des songes !

— Il semblerait que oui.

— Tu peux la remettre dans son berceau, elle ne t'embêtera plus jusqu'au matin.

— Je ne demande rien d'autre.

— Je m'en doute. Quand est-ce que je viens travailler au Club ?

— Demain après-midi.

— Pourquoi pas plus tôt ?

— Je t'ai dit qu'il fallait que je laisse un panonceau signalant que je cherchais une employée sur la vitrine. Pour la crédibilité de notre histoire.

— Bien. Bonsoir, Dylan.

— Bonsoir.

Après avoir déposé Rachel dans le berceau, il se remit au lit, se rendormit presque aussitôt et rêva de la voix d'Allison qui lui murmurait « je t'aime » comme autrefois.

**

Tracy arriva quelques minutes après que Dylan eut ouvert les portes du Club : les clients se pressaient toujours au comptoir pour boire un espresso avant de se rendre au travail, aussi mettait-il les percolateurs en marche dès l'aube, et Tracy venait-elle le seconder sans tarder.

— Tu as une mine de déterré, cria Tracy des vestiaires où elle s'était enfermée pour enfiler sa tenue, robe noire et tablier blanc.

— La fille de Jimbo m'a fait passer une nuit blanche.

— Elle n'a pas l'air de s'en ressentir, fit-elle observer. Elle gazouille comme un oiseau.

Dylan s'approcha du couffin.

Dans sa grenouillère rouge flambant neuve, le bébé semblait en effet en pleine forme, se dit-il avant de s'aviser que Gwen aurait dû choisir une autre couleur que le rouge, maintenant que la petite était rouquine.

— Il aurait mieux valu du vert, constata Tracy en refermant la porte des vestiaires.

Avait-elle deviné ce qu'il pensait ? se demanda Dylan avant de l'entendre ajouter :

— J'ai vu qu'il y avait d'autres tenues dans la mallette. Mets-lui autre chose quand tu changeras sa couche.

— Que *moi*, je change sa couche ? Il n'en est pas question.

— Bon, bon. Je m'en occuperai. Mais tu n'as rien contre le fait de lui trouver une autre grenouillère ?

— Ça, je veux bien le faire. Fagotée comme cela, cette gosse ressemble à un de ces lutins qui accompagnent le Père Noël sur son traîneau.

Tout en ouvrant la mallette, Tracy continua ses commentaires.

— Je vois que tu as mis une annonce pour embaucher une nouvelle fille. Pour travailler en salle et occasionnellement s'occuper du bébé, je suppose. Tu aurais mieux fait de chercher quelqu'un à plein temps pour Rachel.

Mais une annonce aussi précise qu'une offre d'emploi de nurse aurait mis la puce à l'oreille des hommes de Marcus Cantor, objecta-t-il en son for intérieur, avant de rétorquer :

— Après la nuit que j'ai passée, je me rends compte que tu as raison, Tracy. Aussi quand la bonne candidate se présentera, je changerai mon fusil d'épaule : je lui dirai qu'elle sera en charge du bébé. Elle pourra servir quelques cafés au comptoir si elle le veut bien, mais sa fonction numéro un sera de veiller sur Rachel.

— Tu auras du mal à trouver une serveuse qui acceptera de se transformer en baby-sitter, surtout pour dix jours seulement. Les gens qui cherchent du boulot veulent des places stables.

— Nous verrons bien.

— Je m'occuperai de la sélection, si cela peut te soulager d'un poids.

— Non, merci, Tracy. La dernière fois, tu as recruté un gars aux cheveux verts avec des anneaux dans le nez et les oreilles. Ce n'est pas le genre de la maison.

Tracy s'apprêtait à riposter quand la porte s'ouvrit, livrant passage à Gwen McNamara. Aussitôt, elle se dirigea vers le couffin et prit Rachel dans ses bras.

— Mais c'est la fille de Jimbo Travis ! Je l'ai rencontré avec elle il y a quelques jours chez Macy's !

Tracy fronça les sourcils.

— C'est curieux. Il ne prend jamais sa gosse nulle part avec lui. Il dit que cette charge incombe à sa femme.

— Eh bien, ce jour-là, il a dû faire exception, voilà tout, rétorqua Gwen sans se démonter.

Elle embrassa Rachel sur le bout du nez, et enchaîna :

— Tracy, soyez gentille, allez aider mon chauffeur à sortir la poussette du coffre de ma voiture.

— Hein ?

— Dylan m'a dit que Jimbo n'avait pas songé à lui en donner une. Alors je rends ce petit service au frère de ma future bru. Allez-y, mon chauffeur vous aidera...

Tracy, qui avait toujours été impressionnée par la mère de Garrett, s'empressa d'obéir.

Tandis qu'ils regardaient la serveuse s'affairer à l'arrière de la Cadillac en compagnie du chauffeur en uniforme, Gwen lança, faussement désinvolte :

— Vous savez, Dylan, votre amie Allison me manquera. Cette jeune femme est adorable.

Dylan garda le silence, incapable d'avouer que l'adorable jeune femme, par sa trahison, l'avait envoyé en enfer, dix ans auparavant.

— Voilà l'équipement de Rachel ! lança Tracy.

Une poussette apparut, puis une chaise haute, portée par le chauffeur.

— Nous allons installer cette petite demoiselle dans sa chaise haute à l'extrémité du comptoir, dit Gwen. Ainsi, elle se distraira en regardant les clients.

— Oui, mais qui la surveillera ? objecta Tracy. Dylan va être très occupé d'une minute à l'autre, et moi aussi ! Mieux vaut la laisser par terre dans son couffin, à côté de la caisse.

— Je vais jouer les nounous, repartit Gwen. J'ai tout mon temps. Et... Tracy, si c'est vous qui avez choisi de mettre cette grenouillère rouge à une rouquine, vous devriez voir un ophtalmologue : vous êtes certainement daltonienne.

Tracy jeta un regard assassin à Dylan : pourquoi

n'avouait-il pas que c'était lui qui avait habillé l'enfant ?

Dylan se tut, pour épargner Gwen : c'était *elle* qui avait acheté les vêtements, sapristi ! Et elle savait déjà que la fillette aux boucles auburn deviendrait poil de carotte !

— Mamy Gwen va te mettre quelque chose de plus seyant, dit la mère de Garrett en emportant le bébé dans les vestiaires. Tracy, installez donc la chaise haute, vous serez un ange !

Tout en ravalant son mécontentement d'être ainsi commandée, l'interpellée alla placer la chaise à l'endroit élu par Gwen McNamara.

8.

— C'est plutôt mignon, ici, remarqua Gwen en pénétrant dans l'arrière-salle du Club.

La salle, utilisée autrefois pour entreposer des marchandises, avait été transformée en salon de repos pour le personnel, lequel pouvait ainsi profiter, en heures creuses, de récréations aussi agréables que méritées.

— Décidément, Dylan, vous avez tiré le meilleur parti de ce bâtiment. La maison familiale ne vous sert plus guère : vous dormez au-dessus du Club, Shari y a son appartement aussi...

— Je garde la maison parce qu'elle a une valeur sentimentale.

— Et sait-on jamais : vous pourriez vous marier et aller l'habiter... Allison prétend que seul votre travail vous intéresse. Mais moi, je ne suis pas dupe. Vous seriez heureux de fonder une famille. Il suffit de vous voir avec Rachel. Et de penser à l'empressement que vous avez mis à accourir à l'aide d'Allison.

— Je suis un brave type, Gwen. C'est tout. Inutile d'aller chercher midi à quatorze heures : je ne suis animé que par la gentillesse... Une gentillesse qui n'est pas toujours payée de retour.

— Vous pensez à Allison en disant cela.

— Mmm. Vous lisez en moi comme dans un livre ouvert.

— Oubliez le passé. Songez qu'Allison sortait à peine de l'adolescence quand elle vous a quitté. Cela lui vaut des circonstances atténuantes. Elle est devenue une autre personne. Une femme au caractère bien trempé, courageuse et fiable. Et puis... vous l'aimez toujours.

— Je le reconnais, Gwen. Je n'ai jamais pu extirper Allison de mes pensées et de mon cœur. Mais on ne bâtit rien de solide sur des ruines. De surcroît, Allison a sa vie. Sa présence ici n'est qu'une parenthèse. Elle repartira en Floride.

— Je n'ai pas l'impression qu'elle ait mis au point un plan d'existence aussi précis que vous l'imaginez. A mon avis, elle n'a rien de précis en tête.

— Elle est très attachée à Rachel. Et Howard Cantor aura besoin qu'elle s'occupe de sa petite-fille pendant encore des années.

— Allison se consacrera à Rachel tant qu'elle n'aura pas un bébé à elle. Elle est en manque. Elle a besoin de choyer ses propres enfants. Mais pour cela, elle doit auparavant trouver un mari.

L'air soudain inquiet, Dylan, qui jusque-là s'était amusé avec Rachel en lui agitant un chien en peluche sous le nez, fixa Gwen droit dans les yeux.

— Vous n'avez pas dit tout cela à Allison, j'espère ? Je vous ai fait des confidences, vous en avez tiré des déductions, mais il faudrait que ça s'arrête là. Ne jouez pas les marieuses, Gwen. Et ne trahissez pas la confiance que j'ai placée en vous !

— Je suis discrète, Dylan. Et assez fine pour ne pas heurter Allison de front en lui suggérant de se jeter à votre cou. Mais j'essaie de vous faire prendre conscience à l'un comme à l'autre de l'intérêt que vous auriez à faire une croix sur le passé et à envisager un avenir commun. Ne laissez pas passer le temps sans aimer. Ne basez pas votre existence sur votre travail. Quant à Allison, elle doit cesser d'être mère de substitution. Etre seul est la pire des choses, Dylan. Je l'ai découvert depuis mon veuvage. Mais il y a pire : ne pas tenter de réaliser ses souhaits les plus profonds. Vous brûlez de savoir ce qu'Allison a dans le cœur. Demandez-le-lui carrément. Et selon sa réponse, révélez-lui ce qui vibre dans le vôtre.

Manifestement contrarié par tous ces conseils, Dylan, qui agitait de plus en plus frénétiquement le jouet, fut le premier étonné d'arracher un grand éclat de rire au bébé.

— Décidément, le tempérament de cette petite me plaît de plus en plus, commenta Gwen avant de quitter la pièce.

— Mais enfin, Dylan, qu'est-ce qui n'allait pas avec les trois postulantes qui ont défilé ce matin ? s'enquit Tracy, visiblement déroutée. Ces trois filles étaient d'accord pour une embauche sur un court terme, elles étaient avenantes, et leur C.V. impeccable ! Toutes avaient des petits frères ou des petites sœurs. Elles auraient su s'occuper de Rachel Travis.

Devant tant d'arguments imparables, Dylan, qui se demandait pourquoi Allison avait tant de retard, chercha une réponse plausible.

— Je suis désaxé par le manque de sommeil, voilà tout. Le bébé pleure la nuit, et moi, dans la journée, je me sens comme un zombie. Alors je manque de discernement.

— Oui, eh bien, si je puis me permettre de te parler avec franchise, tu aurais intérêt à te reprendre, sinon tu te retrouveras seul avec le bébé toutes les nuits et tu y laisseras ta santé.

La file de clients qui s'étirait devant le comptoir sauva Dylan des réflexions de Tracy : la jeune femme alla prendre leurs commandes, et Dylan put se consacrer de nouveau à son occupation numéro un de la matinée : regarder sa montre et la porte.

Enfin, à 13 heures, Allison entra.

Dylan s'était préparé à la voir métamorphosée en Lily DuCharme. Du moins le croyait-il : celle qui s'avançait vers lui était toujours aussi belle qu'Allison, avec en plus une allure sexy, celle des Latino-Américaines ou des Italiennes aux cheveux de jais et aux yeux de braise.

Feindre l'indifférence exigea de lui un effort incommensurable. D'autant plus que tous les clients de sexe masculin se tournèrent vers elle, la détaillant de la tête aux pieds sans vergogne, une expression admirative sur le visage.

Piqué aussitôt par la jalousie, Dylan eut envie de les prévenir qu'elle était chasse gardée, mais il se retint, d'une part parce qu'il était un homme bien élevé, mais surtout parce qu'il ne détenait aucun droit sur Allison, hormis celui de continuer à l'aimer en secret.

Hypnotisé par sa gracieuse ondulation des hanches alors qu'elle s'approchait de lui, il fut pris au dépourvu lorsque, jouant son rôle comme prévu, elle se présenta, précisant qu'elle venait pour le poste proposé.

— Hein ? Vous... Euh... Vous êtes intéressée ?

Si Allison fut étonnée, elle n'en montra rien et lui murmura :

— Pas de panique, Dylan. Tout se passera bien.

Il percevait le regard de Tracy dardé sur son dos, et aurait parié à mille contre un qu'elle pensait : « Celle-là, tu l'embaucheras, Dylan. Parce que c'est la plus belle de toutes les postulantes. »

Un sourire sur ses lèvres carminées, qui par contraste accentuaient l'opalescence de son teint, Allison tendit la main.

— Bonjour. Je viens pour l'annonce.

De peur sans doute que Dylan ne fasse toujours pas affaire, Tracy abandonna son poste à la caisse pour s'occuper de la candidate.

— Ainsi, vous cherchez du travail, mademoiselle. Vous savez qu'il ne s'agit que d'un remplacement de deux semaines ?

— Oui.

— Et vous avez de l'expérience ?

— Suffisamment.

— Oh ! Suffisamment, dites-vous. Comment vous appelez-vous ?

— Lily DuCharme.

— DuCharme ? Seriez-vous apparentée à Magda DuCharme, l'actrice ?

— Je suis sa nièce.

Tracy parut favorablement impressionnée. C'était sur son côté *fan* de stars qu'avait compté Dylan pour lever ses réticences. Elle n'oserait pas demander ses références à la nièce de la grande vedette de Broadway, actuellement en tournée.

— Magda DuCharme est l'une de nos clientes, dit Tracy.

— Je le sais. Et lorsque je lui ai dit que je viendrais passer quelques jours à New York, elle m'a suggéré de trouver un job au Club.

— Vous habitez chez Magda en son absence ?

— Euh... Oui. Mais c'est une situation qui ne me convient guère. Un trop grand appartement décoré en style gothique, un maître d'hôtel à l'air sévère, une femme de chambre omniprésente... Bref, rien qui me convienne. J'aimerais mieux louer un studio le temps de mon séjour à New York. Il faut donc que je travaille un peu.

— Je comprends. Ainsi, vous aurez de quoi acheter des billets de théâtre, aller dans les musées, en un mot profiter de la vie dans la Grosse Pomme, approuva Tracy.

A la mine épanouie de Tracy, Dylan comprit que la partie était gagnée. Elle conservait ses prérogatives puisque c'était elle qui embauchait la nouvelle employée. Elle était donc ravie. Mais pas désintéressée : prendre sous son aile la nièce de Magda DuCharme et se montrer gentille avec elle lui donnait des espoirs d'entrées dans les coulisses des théâtres où jouerait Magda, en sus d'un autographe personnalisé.

— Le hasard fait vraiment bien les choses, constata Tracy. Au moment où nous avions besoin de quelqu'un pour une quinzaine de jours, vous aviez besoin de travail pendant le même laps de temps ! Bienvenue au Club, mademoiselle DuCharme.

— Je vous en prie, appelez-moi Lily.

— Entendu. Moi, ce sera Tracy.

Sur ces mots, cette dernière retourna à la caisse et reprit sa place, l'affluence de consommateurs lui faisant craindre des erreurs de la part de celle qui l'avait momentanément remplacée.

Restés seuls, Dylan et Allison s'éloignèrent vers une table encore inoccupée.

— Quelle chance ! s'exclama Allison dès qu'ils furent hors de portée de voix de Tracy. Le fait que ce soit elle qui m'ait embauchée donne encore plus de crédibilité à notre histoire !

Dylan s'apprêtait à acquiescer quand Tracy les rejoignit.

— Est-ce que Dylan vous a parlé de Rachel, Lily ?

— Tracy, les gens se marchent sur les pieds devant la caisse. Va faire ton boulot !

— Mais je...

— Allez, ouste !

Tracy s'en alla, visiblement à contrecœur : elle aurait aimé gérer toute l'affaire elle-même.

— Comment va Rachel ? souffla Allison lorsqu'elle fut sûre que Tracy ne l'entendrait pas.

— On ne peut mieux. Mais tu le sais déjà : Gwen t'a appelée de son portable je ne sais combien de fois, non ?

— Si. Et je dois dire que je lui suis vraiment reconnaissante d'avoir assumé cette journée de garde alors qu'elle a tant à faire pour organiser le mariage de Shari et Garrett.

— Elle s'entraîne à devenir grand-mère. Et Rachel l'aime beaucoup.

— Elle m'aime aussi.

— Oui. Tu es sa *La-la*. J'ai entendu des litanies de La-la... La-la... A en être jaloux ! Après tout, c'était moi qui la gardais ! Mais cette gamine n'a aucune reconnaissance.

— J'ai hâte de la voir.

— Je m'en doute. Mais auparavant, il faut que tu passes un test d'essai en servant quelques clients. En fait, je crois que tu devrais rester en service tout l'après-midi, de façon à lever la moindre suspicion.

Allison balaya la grande salle du regard.

— C'est fou ce que ça a changé ici. Tu as fait du

vieux café de tes parents un endroit extrêmement plaisant.

Un ange passa, chacun d'eux éprouvant une nostalgie qu'il n'osait révéler à l'autre.

— Il faudra que je fasse très attention à Tracy, dit Allison pour briser le silence. Elle m'a l'air très futée, et un peu trop observatrice.

— Sois sympa avec elle et parle le moins possible, comme ça tu ne courras pas le risque d'être démasquée. Et quand tu seras en présence de Rachel, montre-toi un peu maladroite, que Tracy n'ait pas l'impression que tu es une vraie pro.

— Entendu.

— Au fait, comment en es-tu venue à garder des enfants ?

— Eh bien... parce que j'ai suivi des cours de puériculture, je te l'ai dit, et par amour des enfants. J'ai veillé sur plusieurs bébés depuis six ans que j'exerce ; c'étaient tous de merveilleux poupons, mais, à la différence de Rachel, aucun d'eux n'était orphelin, et j'ai pu m'en séparer sans souffrir. En revanche, j'avoue que je me suis attachée à Rachel à un point qui m'inquiète. Je l'aime comme si elle était mienne, et c'est déconseillé quand on est nurse de métier.

Dylan hocha la tête. Il comprenait fort bien ce qu'éprouvait Allison. Perdre un être aimé était la pire des souffrances. Il en avait fait l'expérience quand la jeune femme l'avait quitté.

Désireux de changer de sujet, il enchaîna avec un rire forcé :

— Et si Rachel ne te reconnaissait pas ? Sa La-la est blonde aux yeux bleus, et c'est une brune aux prunelles couleur de nuit qui va se pencher sur elle !

— N'aie crainte, elle ne sera pas dupe. Elle sentira

mon parfum, entendra ma voix, et le tour sera joué. Mais si besoin est, je lui chanterai sa berceuse favorite.

— Bon, on va s'assurer que mademoiselle Cantor a un infaillible instinct. Suis-moi. Rachel est avec Gwen dans l'ancienne réserve aménagée en salle de repos pour le personnel.

Quelques instants plus tard, le cœur battant follement sous l'effet de la joie, Allison embrassait la fillette assise sur sa chaise haute.

Délaissant les cubes multicolores qu'elle avait empilés sur la tablette, Rachel resta un instant décontenancée. La nouvelle apparence de sa La-la la surprenait visiblement. Elle se rendait compte, semblait-il, qu'il s'agissait bien d'Allison, mais elle gardait un doute.

Ne voulant pas la stresser davantage, la jeune femme entonna les premières notes de la berceuse. Aussitôt, Rachel s'illumina d'un sourire et tendit les bras.

— Ma chère, votre métamorphose est parfaite ! s'écria Gwen tandis qu'Allison, heureuse, se mettait à valser avec l'enfant dans les bras. Vous abuseriez votre propre mère !

— Ma mère, peut-être, mais pas Rachel ! dit Allison gaiement.

L'enjouement du ton ne trompa pas Dylan. Depuis sa petite enfance, Allison souffrait de l'indifférence de sa mère, et son cœur d'adulte devait continuer à s'alourdir de chagrin au souvenir de la terrible solitude affective qu'elle avait connue.

— Je crois que vous serez très bien dans l'ancien appartement de Shari, dit Gwen. C'est moins somptueux que chez moi mais plus adapté à une jeune femme indépendante. Et puis, Dylan sera juste en dessous. Il veillera sur vous. C'était ce que vous souhaitiez en venant ici.

La gorge nouée, Dylan prit brusquement conscience de cette réalité : pendant au moins dix jours, Allison allait dormir dans la chambre juste au-dessus de la sienne, dans un appartement relié au sien par un escalier intérieur en colimaçon.

Serait-il capable de résister au désir d'aller la rejoindre en pleine nuit ? se demanda-t-il, déjà à la torture. Oh, il ne chercherait pas à lui faire l'amour. Il ne se leurrait pas. Allison ne voyait pas en lui l'homme de sa vie mais celui qui pouvait l'aider. Non, il ne l'approcherait pas. Il se contenterait de la regarder dormir, d'écouter sa respiration, d'imaginer ses seins se soulevant au rythme de son souffle...

— J'espère n'avoir pas commis d'erreur en venant à New York, dit Allison, arrachant ainsi Dylan à ses pensées. C'est la première ville où Marcus me fera rechercher. J'espère que le père Clausen et Mary ne se couperont pas si on les interroge.

— Ils ont promis, Allison. Ils ne te trahiront pas. Mais maintenant, il faut suivre le plan prévu. Tu vas laisser Rachel quelques heures encore aux soins de Gwen, et travailler en salle.

— J'imagine que tu as un uniforme à me prêter, Dylan ?

— Bien sûr. Suis-moi dans les vestiaires.

Il la conduisit dans la pièce réservée aux employées. Un rideau occultait un pan de mur, afin qu'elles puissent se changer en toute intimité. Tout en fouillant parmi les robes noires alignées le long d'un portant, il jetait de temps à autre un rapide coup d'œil à Allison. Les années n'avaient en rien entamé la beauté de sa silhouette. Elle avait conservé la sveltesse de ses dix-huit ans. A cette seule différence près : sa poitrine s'était voluptueusement arrondie, et il sentait le désir monter en lui dès qu'il regardait ces irrésistibles rondeurs.

— Tu fais une taille 38, estima-t-il après un dernier examen.

— Exactement. Comment as-tu fait pour...

Elle s'interrompit net, comprenant qu'il l'avait scrutée sous toutes les coutures.

Rougissante à cette idée, elle s'empressa de se glisser derrière le rideau pour se dévêtir. Elle avait retiré jean et T-shirt et attendait en culotte et soutien-gorge de dentelle noire qu'il lui fasse passer une robe par l'entrebâillement du rideau, quand celui-ci coulissa soudain sur la tringle.

Ipso facto, elle se retrouva en lingerie fine face à Dylan qui, la bouche ouverte sur un souffle manifestement court, lui tendait un amas de velours noir.

Le temps sembla s'arrêter. Ni l'un ni l'autre ne parla pendant ce qui parut durer une éternité. Dylan dévorait du regard celle qu'il avait tenue dans ses bras dix ans auparavant, faisant d'elle une femme. Allison quant à elle revivait ces situations si fréquentes où elle s'était tenue à moitié nue devant Dylan, lui laissant le plaisir de lui ôter ses derniers effets, avant de lui donner ce corps qu'il avait été le premier à posséder.

Finalement, la magie céda, la réalité reprit ses droits, et Allison lança :

— Que se passe-t-il ? Tu joues les voyeurs ?

— Je... je suis désolé : je ne pensais pas que tu te serais déshabillée aussi vite !

— Tu es sûr que tu n'as pas fait exprès de tirer le rideau ?

— Je t'en donne ma parole, Allison, et je te prie de m'excuser. Mais je me dois de te préciser que je ne regrette rien.

Elle saisit la robe et l'enfila prestement. Puis, mue par une coquetterie qu'elle ne s'expliquait pas, elle tourna le dos à Dylan et le pria de remonter la fermeture Eclair.

Pendant qu'il actionnait le mécanisme avec lenteur, usant d'une surprenante technique puisque ses doigts passaient sous les griffes de métal pour entrer en contact avec la peau, la jeune femme frissonna de plaisir.

Ainsi, s'alarma-t-elle, ses sens n'avaient pas oublié son premier amour, son premier amant... Et son cœur non plus, qui battait follement, lui intimant d'oublier les dix dernières années, et de tout recommencer de zéro !

Mais alors qu'elle luttait contre l'envie de se blottir contre lui, il s'écarta et se détourna.

— Voilà, dit-il. Il ne me reste plus qu'à te trouver des chaussures. Je possède tout un stock de ballerines. Tu y chercheras ta pointure.

Pivotant sur ses talons, elle le vit s'approcher d'un placard et l'ouvrir. Il contenait des dizaines de boîtes de chaussures.

— Au cas où tu aurais un doute, ajouta-t-il en se dirigeant vers la porte du vestiaire, sache que la robe est neuve aussi. Seul ton parfum l'imprégnera. Et tu seras la seule à le sentir... sauf souhait contraire de ta part.

Et là-dessus, il la laissa.

Elle fut si désorientée par cette sortie qu'elle ne sut que penser de l'allusion sous-jacente, avant de se convaincre qu'elle s'était méprise, puisque Dylan n'était pas homme à créer des situations équivoques ni à émettre des réflexions à double sens.

9.

En fin d'après-midi, Dylan confia la bonne marche du Club à Tracy et accompagna Allison au deuxième étage, où se situait l'appartement de Shari.

— Voilà le refuge idéal, dit Allison en installant Rachel endormie dans son couffin sur le divan. Joliment meublé, bien ensoleillé et très protégé puisqu'on n'y accède que par la salle du Club. Rachel et moi, nous serons en sécurité, Dylan. Je me félicite d'avoir pensé à te demander ton aide dès que j'ai compris que les Cantor allaient nuire au bébé.

Qu'elle ait fait appel à lui le touchait, il ne pouvait le nier. Cela prouvait qu'elle l'estimait, et surtout ne l'avait pas oublié.

— En dépit du passé, tu es la bienvenue.

— J'ai eu peur pourtant. Tu aurais pu avoir une femme jalouse, trop d'enfants, pour perdre du temps avec ton béguin de jeunesse.

— C'est pour cette raison que tu n'es pas venue directement à moi, que tu es passée par le père Clausen ?

— Oui. Je voulais tâter le terrain. Ne pas frapper à ta porte pour me retrouver face à une Mme Johnson choquée par mon audace, avec laquelle tu aurais eu ensuite des problèmes.

Dylan ouvrit les mains et tourna les paumes vers le plafond.

— Tu as vu par toi-même que je n'avais personne dans ma vie, ni la moindre envie de me marier.

— C'est tout de même étrange de ta part. Moi, j'ai été traumatisée par ma mère, ce qui explique mon rejet de tout engagement, mais toi...? Qu'est-ce qui te pousse à rester seul ?

Il hésita et, finalement, décida de se montrer sincère.

— Toi. Le souvenir de notre amour. Et ne t'imagine pas que je n'aie pas d'envies : ainsi, en ce moment, j'en ai une... qui me taraude tant que je vais finir par la satisfaire.

— Et il s'agit de...?

— T'embrasser.

Sans lui laisser le temps de s'écarter de lui — mouvement qu'elle menaçait d'amorcer, il s'en était rendu compte en un éclair —, il la prit dans ses bras et lui couvrit le visage d'une myriade de petits baisers avant de s'arrêter sur la bouche.

Il allait réussir à forcer les lèvres qu'elle gardait closes, quand Rachel se mit à vagir.

Allison se libéra instantanément de son étreinte, usant d'une force qui le désespéra : elle ne voulait pas de lui — pas de cette façon-là en tout cas ; elle voulait seulement qu'il la protège, et, pour elle, seul le bébé comptait.

— Nous ferions mieux de nous calmer et d'installer Rachel, dit Allison, déjà penchée sur la fillette qui pleurnichait. Je crois qu'elle est sale. Je vais la changer.

— Nous allons d'abord l'installer, oui, mais à l'étage au-dessous. Chez moi.

104

— Comment cela, chez toi ? Rachel ne va pas rester avec moi ?

— C'est l'appartement de Shari. Elle risque d'y venir un jour ou l'autre. Je ne veux pas qu'elle établisse de connexion entre toi et Rachel. Je suis censé veiller sur la fille de Jimbo Travis, rappelle-toi. Que j'héberge ma nouvelle employée, nièce de la grande Magda DuCharme dans son studio ne choquera pas Shari. En revanche, elle ne comprendrait pas que je lui confie en permanence la fille de mon copain. Après tout, cette Lily est une inconnue, même si elle porte un nom célèbre et si sa tante est une amie de Gwen.

— Mais... mais alors, je vais rester seule ici ?

La voix d'Allison était devenue toute fluette, et des larmes brillaient dans ses yeux. Emu, Dylan dut se faire violence pour ne pas la consoler d'une étreinte.

— Tu viendras nous voir quand tu le voudras, Allison. Il n'y a que quelques marches à descendre. Et puis tu t'occuperas de Rachel dans la journée. Je ne prendrai le relais que le soir, après la fermeture du Club. A ce moment-là, tu réintégreras tes quartiers.

Il souleva le couffin d'une main, et la mallette contenant les affaires du bébé de l'autre.

— Tu seras toujours la bienvenue dans mon appartement, Allison. Je sais recevoir les dames.

L'expression d'Allison s'éclaira avant de trahir un amusement non déguisé.

— Oh ! je suis sûre que tu es très doué pour les mettre à l'aise...

L'ambiance de la garçonnière changea du tout au tout. Elle exhalait de bonnes odeurs de cuisine, vibrait des rires d'une jeune femme et d'une enfant adorable.

Au point que Dylan se prit à attendre avec impatience l'heure de la fermeture du Club. Il délaissa ses compagnons de basket, ayant hâte, le dernier client parti, de monter au premier étage.

Il passait alors une délicieuse soirée, puis la tristesse l'accablait lorsque venait le moment pour Allison de rejoindre l'appartement de Shari. Toutefois, sa mélancolie ne durait pas longtemps parce qu'elle lui laissait Rachel. Le bébé pleurait encore de temps à autre sur le coup de 3 heures du matin, mais la plupart du temps, faisait sa nuit complète. Allison avait insisté pour prendre la fillette avec elle, mais Dylan avait argué de la possibilité d'une visite impromptue de Shari tôt le matin. Sa sœur n'aurait pas compris qu'il confiât la fille de Jimbo à une serveuse intérimaire, avait-il dû répéter patiemment.

Il espérait n'avoir pas de comptes à rendre à Shari. Elle vivait avec Garrett et n'avait laissé que peu d'affaires dans l'appartement. En principe, au cours des dix jours que passerait Allison dans le studio de la jeune femme avant le retour d'Howard Cantor, Shari ne se montrerait pas, et ne saurait donc pas que la prétendue nièce de Magda DuCharme dormait dans son lit.

Mais, bien entendu, le destin facétieux changea la donne, et trois soirs après l'installation d'Allison chez Shari, cette dernière décida de rendre visite à son frère. Allison se trouvait dans la cuisine quand on sonna. Dylan ouvrit et se trouva pris de court face à une Shari au cou de laquelle brillait un collier de diamants, Garrett ayant jugé une rivière plus symbolique pour des fiançailles qu'une simple bague.

— Dylan Johnson, tu es sacrément culotté! clamat-elle en guise de salut.

106

Dylan recula en clignant des yeux.

— Hein? De quoi m'accuses-tu?

— D'oser héberger la nièce de Magda DuCharme chez moi sans me prévenir!

— Co... comment es-tu au courant?

— Tracy m'a téléphoné.

— Oh, la garce!

— Elle a eu raison! Le studio est à moi, tout de même! Si je décide de le louer, ce sera en temps et heure. Je ne suis pas encore mariée, après tout! Je peux avoir envie d'un peu de solitude avant de sauter le pas! Et que ferai-je alors? J'irai à l'hôtel?

Dylan se sentit honteux. Shari avait raison. Il avait outrepassé ses droits.

— Je suis navré, dit-il. D'autant plus que...

Il s'interrompit : Shari ne l'écoutait pas et marchait droit vers la cuisine d'où s'échappaient un alléchant fumet de viande grillée et des bruits d'ustensiles métalliques entrechoqués.

Shari voulait voir l'intruse.

Et si, en dépit des cheveux teints, des lentilles noires, elle reconnaissait Allison Walker? se dit Dylan, soudain pris de panique. Comment se sortirait-il du pétrin?

Affolé, il s'élança dans le sillage de sa sœur qui, déjà, arrivait dans la cuisine et demandait :

— Vous êtes Lily?

— Oui, mais excusez-moi si je ne peux vous serrer la main, répondit l'interpellée en montrant ses paumes couvertes de farine. C'est tellement gentil de votre part d'avoir bien voulu me prêter votre appartement pour quelques jours...

Son attitude si naturelle, sa douceur et son sourire dissipèrent comme par enchantement la mauvaise humeur de Shari.

— Ne vous en faites pas pour ce que je viens de dire à Dylan. En fait, je n'avais pas l'intention de dormir ici dans les jours à venir. Et puis, je sais que Dylan a besoin de vous pour garder la fille de Jimbo Travis. Mais...

Elle marqua un temps, l'expression soudain tendue.

— ... je suis étonnée que Magda ne m'ait jamais parlé de vous. J'ai eu l'occasion de la rencontrer chez Gwen, ma future belle-mère, et elle n'a jamais mentionné l'existence d'une nièce.

— A moi, si, coupa Dylan.

Shari se tourna vers lui, les sourcils relevés en accent circonflexe.

— A *toi*? Alors que tu ne l'as rencontrée qu'une fois ou deux?

— Et alors? La conversation est venue sur la famille, et elle m'a parlé de la sienne, entre autres de sa nièce Lily.

— Ah!

— Bon, Shari, c'était sympa de venir dire bonsoir, mais il est tard et...

— Je n'en ai pas fini avec toi, mon bonhomme. Il faut qu'on parle de quelque chose de très important.

— Et de quoi, grands dieux?

— Du sale coup que tu m'as fait.

— Pardon?

— Les œillets, idiot! Comment as-tu pu dire à Gwen que j'étais folle de ces fleurs horribles qui empestent? Elle en a commandé des centaines au plus grand fleuriste de Manhattan! Je n'aurai *que* des œillets dans les bouquets, mes corbeilles, la décoration... Dylan, tu es un monstre!

— Ecoute, Shari, je ne me suis pas rendu compte que Gwen interpréterait de la sorte ce que je lui ai dit.

J'ai précisé que tu aimais les œillets mais pas que tu en faisais une obsession. Elle a compris de travers. Dans mon esprit, les œillets domineraient dans les compositions, mais il y aurait d'autres fleurs.

— Eh bien, ce ne sera pas le cas. Le fleuriste a passé ses commandes et dit qu'il est trop tard pour changer quoi que ce soit. Il y aura assez d'œillets pour en dégoûter les invités leur vie durant.

Dylan éclata de rire, et Shari ne tarda pas à l'imiter.

— Garrett n'aura qu'à s'adresser à un autre fleuriste et lui demander de te couvrir de roses, suggéra Dylan.

— Oh, il le fera. Je n'ai qu'à lever le petit doigt et émettre un vœu pour être exaucée.

— Tu as trouvé le prince charmant.

De nouveau, ils s'esclaffèrent, sans se rendre compte du regard teinté de mélancolie d'Allison qui, pour avoir souffert des dérobades de sa mère, se demandait si elle-même pourrait un jour connaître autant de complicité et d'amour.

Avant de s'en aller, Shari prit le temps de câliner Rachel, laquelle ne vit aucune objection à recevoir les baisers d'une nouvelle personne.

Plus on l'aimait, mieux elle se portait. Comme tout être humain, songea Allison avec envie.

— Accompagne-moi jusqu'en bas, Dylan, dit Shari. Ciao, Lily. A bientôt.

Dylan descendit les marches et entra dans la salle obscure du Club derrière sa sœur. La seule clarté provenait des lampadaires de la rue.

— Je ne m'attendais pas à ce que vous vous mettiez ensemble aussi vite, tous les deux, déclara Shari, la main sur la poignée de la porte.

— Quoi ? Mais nous ne sommes pas ensemble ! Lily me donne un coup de main pour Rachel Travis, mais c'est tout.

— Taratata... On ne me la fait pas, à moi, petit frère : vous êtes les deux moitiés de la même orange, Lily et toi. Sinon, tu ne te serais pas comporté comme tu le fais avec une inconnue : tu la loges, tu lui confies la fille de Jimbo, tu la laisses te préparer à dîner... et elle a l'air ravie de la situation. Jamais tu n'avais permis à une femme de s'intégrer aussi rapidement et aussi intimement dans ta vie, Dylan. Il y a des ondes positives qui se baladent entre cette jeune femme et toi. Oh, à propos d'ondes positives, en d'autres termes d'attirance... tu ne devineras jamais ce que m'a dit Tracy.

— Il est tard. Je n'ai pas envie de jouer aux devinettes.

— Dommage. Elle m'a rapporté qu'un détective privé cherchait ton ex-petite amie, la seule qui ait su faire vibrer ton cœur : Allison Walker.

Dylan eut la sensation que son pouls s'emballait. Une soudaine transpiration mouilla son front, et il se félicita *in petto* de n'avoir pas allumé les lumières de la salle.

— Quand cet homme est-il venu ? Car Tracy l'a vu au Club, je présume ?

Lorsqu'il lui avait abandonné les rênes du Club en fin d'après-midi pour aller chez lui avec Allison...

— Vers 19 heures, m'a-t-elle dit au téléphone. Elle a ajouté qu'elle ignorait tout de cette Allison Walker et que le gars lui avait laissé une carte avec un nom. Tiens, je l'ai noté là-dessus.

Shari tendit une feuille de papier à son frère. Il se rapprocha de la vitrine et lut dans la clarté d'un réverbère : Roy Farley.

— Je me demande ce qu'a fait Allison pour être ainsi recherchée, reprit Shari. Elle a peut-être détourné de l'argent dans une banque qui préférerait régler les choses directement avec elle ? Ou bien elle a quitté un mari qui veut prouver qu'elle le trompe... ? Mystère. En tout cas, elle a dû faire quelque chose de pas joli joli, et ça ne m'étonne guère d'elle : elle s'est vraiment très mal conduite avec toi.

— Un peu d'indulgence, Shari : Allison n'avait que dix-huit ans. C'était une gamine.

— Oui, et c'est pour ça que, en souvenir du bon temps de notre jeunesse et de toute la bande de copains que nous formions, je me dis que si Allison a des ennuis et qu'elle s'adresse à nous, nous devrons l'aider.

— Comment pourrions-nous aider quelqu'un qui n'est pas là ?

— Elle se montrera peut-être. Tu devrais la décrire à tous tes employés, à Tracy surtout, qu'ils te préviennent si elle apparaît en ton absence. Mais prépare-toi à un choc, Dylan... Si d'aventure elle arrive.

— Oui ?

— Tracy m'a dit qu'Allison avait un enfant. Le détective a été formel : elle se déplace avec un bébé de huit mois.

— Il n'y a rien de surprenant à ce qu'elle ait un gosse. Ça arrive à plein de gens. La preuve : Jimbo.

— Tu as raison. Moi-même j'en aurai un, un jour ou l'autre, et j'ai du mal à me faire à cette idée. Bref, Dylan, si tu la vois, donne-lui un coup de main mais, par pitié, ne retombe pas raide amoureux d'elle comme autrefois. Quand elle est partie, tu étais en miettes. Or elle repartira, ne te fais pas d'illusions.

— Aucun problème, Shari. Allison n'est plus qu'un souvenir, à la fois douloureux et agréable lorsque je me rappelle les bons moments. Mais c'est tout.

— Tu m'en vois soulagée. Allez, je m'en vais, frangin. A plus.

De retour dans l'appartement, Dylan ne réussit pas longtemps à donner le change à Allison. Ne voulant pas l'inquiéter, il cherchait comment lui annoncer en douceur la visite de ce Farley au Club, quand elle le prit de vitesse, sans doute alertée par l'anxiété qu'il devait trahir.

— Quelque chose ne va pas, Dylan. Raconte-moi.

Il lui rapporta les paroles de Shari et la vit blêmir.

— Mon Dieu... Marcus a dû se servir de l'histoire du collier de rubis et me fait rechercher pour vol. Il ne peut pas arguer d'un enlèvement d'enfant puisque Howard m'a confié Rachel et que je peux aller où bon me semble avec elle. En revanche, il peut lancer aux trousses d'une voleuse de bijoux toute une armée de flics privés.

Dylan la sentait au bord des larmes. Comment la consoler ? Comment lui faire oublier, quelques heures durant, le tragique de sa situation ?

Une idée lui vint.

— Nous allons sortir dîner, Allison. Dans l'un de nos endroits favoris d'autrefois.

— C'est impossible : nous ne pouvons pas laisser Rachel toute seule.

— Zut. Je n'avais pas pensé à ça.

— Tu désires vraiment m'emmener dans un endroit que j'aimais, Dylan ?

— Oui.

Tout à coup, il eut l'impression que le regard d'Allison avait changé. Intense, grave, il le troublait profondément.

— Il y avait un lieu que j'adorais entre tous, Dylan... Nous y étions heureux. Follement heureux... Nous y retrouver n'impliquerait pas que nous abandonnions Rachel...

— Je ne comprends pas.

— Ton lit, Dylan. Cet endroit paradisiaque dont je parle, c'est ton lit.

Sous le choc et l'incrédulité, Dylan eut du mal à déglutir. Il avait trop souvent rêvé à ces paroles pour accepter qu'elles fussent réellement prononcées par Allison, que cette dernière fût là, devant lui, s'offrant comme autrefois quand le monde se limitait à eux deux.

Pourtant, il dut se rendre à l'évidence : Allison se levait, le prenait par la main et l'entraînait vers l'alcôve où il avait installé son lit. Elle s'immobilisa au ras du matelas et, tout en soutenant le regard qu'il dardait sur elle, retira ses vêtements un à un...

Elle ne garda que sa lingerie de dentelle — dernier bastion qu'il aimait faire céder lui-même — et attendit qu'il la prît dans ses bras.

Il la sentait impatiente, voyait sa poitrine se soulever sous l'effet de rapides halètements. Elle avait envie de lui. Comme autrefois. Et il se découvrait incapable de l'enlacer, d'achever de la dévêtir. Par peur des fantômes du passé, du désespoir qui avait été si longtemps son lot après leur rupture.

Il fallut qu'elle pose les mains sur lui et entreprenne de le déshabiller pour qu'il réagisse enfin et écoute son propre désir. Il dégrafa le soutien-gorge, libérant ces seins qu'il convoitait tant, dévorait à tout instant des yeux à la dérobée. Comme prévu, ils lui apparurent somptueux, de vrais fruits d'amour, ronds, aux pointes roses dressées, faits pour ses paumes qui les enveloppèrent immédiatement.

113

Un gémissement lui échappa : Seigneur, que cette chair était tendre, douce, chaude, et comme elle se modelait parfaitement à la forme de sa main !

Il l'abandonna à regret pour faire glisser le slip noir le long des jambes finement galbées. Lorsqu'il vit le triangle de toison dorée, le ventre plat, le nombril en forme de minuscule coquillage, une frénésie incontrôlable s'empara de lui. Il se défit lui-même de son pantalon, de son caleçon de soie et se pressa contre le corps nu d'Allison.

La sensation d'un retour en arrière le saisit. Dix années étaient effacées. Il avait de nouveau vingt ans et étreignait, fou de désir, la toute jeune fille qu'il aimait et qui brûlait de se donner à lui. Il revivait toutes ces sensations qui avaient fait de lui un homme : ces seins qui se durcissaient sous ses caresses, le ventre qui palpitait lorsque sa main glissait dessus avant de descendre vers le sexe mystérieux, chaud et humide, dont le parfum un peu sucré arrivait à ses narines quand il s'agenouillait pour l'embrasser, déclenchant chez Allison des spasmes de plaisir qui s'achevaient sur des cris. Il usait de ses doigts, de sa langue pour lui prodiguer ce bonheur qui la faisait chavirer et par ricochet l'amenait, lui, au bord de l'inconscience après la jouissance, tant ses sens avaient été violemment sollicités.

Il retrouvait tout cela, et en avait les larmes aux yeux. Un miracle. Il vivait un miracle. Celle à laquelle il avait souhaité vouer son existence tout entière lui était revenue, et frissonnait de volupté entre ses bras.

Il l'avait allongée sur le lit, restant au-dessus d'elle en appui sur les coudes, de façon à pouvoir la couvrir de baisers. Elle arquait les hanches vers les siennes, oscillait langoureusement, pressant son mont de Vénus contre son sexe gorgé de désir.

114

Avide de retrouver ces émotions qu'il n'avait jamais oubliées ni retrouvées avec une autre, il insinua ses doigts dans la fascinante orchidée de chair qu'il contemplait avec extase autrefois, après l'amour, lorsque le corps d'Allison brillait d'une transpiration au parfum de miel.

Oui, elle était prête. Elle gémissait doucement, tout en le caressant avec tant de sensualité qu'il crut ne pas parvenir à se contenir. Il aurait aimé faire durer éternellement les préliminaires, mais à quoi bon ? Son excitation, à l'identique de celle d'Allison, atteignait son paroxysme. L'instant magique, sacré, était arrivé.

Lentement, il la pénétra, la posséda tout entière, se grisa des cris et des sanglots qu'il lui arrachait. Puis il eut l'impression de perdre conscience, emporté par un raz de marée de jouissance si puissant qu'il se mit à trembler, criant à son tour, pendant que la vie qui vibrait en lui se déversait en elle.

De longues minutes plus tard, alangui contre le flanc de sa bien-aimée, Dylan reprenait peu à peu une respiration normale, quand Allison bondit hors du lit.

— Mais où vas-tu ? demanda-t-il dans un souffle.

Sans répondre, elle quitta la pièce et se mit à chantonner. Alors il comprit qu'elle était allée chercher le bébé et s'apprêta à les accueillir tous deux.

Ils reprirent lentement des forces, le bébé lové entre eux, jusqu'au moment où Rachel se réveilla.

— Oh, non ! Elle ne va pas pleurer ! se plaignit Dylan. Il n'est même pas 3 heures du matin !

— Je l'ai dérangée dans son premier sommeil. Elle risque d'être grognon, maintenant. Je vais aller la recoucher et lui chanter sa berceuse.

Comme Allison se levait, Dylan la retint par la main.

— Attends. Ensuite, quand elle sera rendormie, tu reviendras auprès de moi ? Tu ne remonteras pas chez Shari ?

— Non. Je reviendrai auprès de toi.

Là où elle aurait toujours dû rester, songea-t-elle, la gorge soudain nouée d'émotion. Mais on ne pouvait refaire ce qui avait été défait, et dans l'avenir qui l'attendait, avec les menaces qui pesaient sur elle, elle n'avait pas le droit d'impliquer Dylan. Il ne l'avait déjà que trop aidée. Elle ne pouvait espérer qu'il souhaite épouser une voleuse notoire. Le regard que les autres poseraient sur lui serait trop lourd à supporter, sa réputation en pâtirait, et de surcroît les McNamara se refuseraient à fréquenter une femme condamnée pour vol.

Car Marcus Cantor parviendrait à ses fins, elle n'en doutait pas. Mais l'essentiel était de sauver Rachel. En ce qui la concernait, elle aviserait en temps voulu. Seul Howard pourrait la sortir du guêpier dans lequel l'avait mise Marcus. A condition qu'il la crût innocente. Or rien n'était certain. Peut-être même nierait-il la possibilité que son neveu eût voulu se débarrasser de Rachel.

Le risque qu'Howard absolve Marcus de toute faute et se retourne contre elle existait bel et bien. Elle le savait depuis le début de sa folle entreprise.

Il ne lui restait qu'une issue : dès le retour d'Howard, elle s'enfuierait, laissant à Dylan le soin de rendre Rachel à son grand-père.

Mais tout cela, elle devait le taire au seul homme qu'elle eût jamais aimé.

10.

Dylan se réveilla, le corps langoureux, comblé par sa nuit d'amour avec Allison.

Jusqu'au moment où il se rendit compte que le lit était vide à côté de lui. Eperdu, il en jaillit, traversa en courant la salle de séjour, et n'y voyant pas la jeune femme, se précipita dans la cuisine...

Là, il fut totalement rassuré : Allison donnait à manger à Rachel, installée sur sa chaise haute.

— Tu aurais pu me réveiller, dit-il en l'embrassant dans le cou tout en chatouillant l'oreille du bébé.

— Tu méritais de dormir après les prouesses de ces dernières heures.

— Toi aussi.

— C'est mon quatrième jour au Club, l'oublies-tu ? Si je ne respecte pas les horaires prévus, Tracy va se poser des questions ou, pire, te demander de me renvoyer !

— Tu as raison. Je dois ouvrir les portes dans une demi-heure. Soyons ponctuels, mais descendons séparément. Je sens un délicieux arôme de café frais. Tu en as fait ?

— Oui, sers-toi.

Tout en parlant, Allison continuait à nourrir Rachel à la petite cuillère.

— C'est incroyable, remarqua Dylan. Quand moi je lui donnais de ces purées, il y en avait partout. Sur ses cheveux, ma chemise, par terre...

— L'expérience, mon cher, l'expérience...

— Cela n'a rien à voir avec l'instinct maternel?

— Rien à voir. Il faut apprendre. Aucune femme ne naît en sachant s'occuper d'un bébé. Certaines en restent même incapables leur vie durant.

— Tu es une vraie féministe.

— Non. Une femme réaliste. Qui se rend compte que tu as la fibre paternelle... et aucune expérience.

Dylan éclata de rire en lui ébouriffant les cheveux, et reprit son sérieux quand Allison lui fit remarquer que sa nudité s'accordait mal avec une discussion sérieuse. Il repartit s'habiller en courant, négligeant la douche pour avoir le plaisir de sentir le parfum de la jeune femme sur lui la journée durant.

— Bon, je vais aller ouvrir le Club, dit-il de retour dans la cuisine.

— Tu sais, Dylan, je suis morte de peur. Imagine que ce Farley revienne... Ne vaudrait-il pas mieux que je me cache ici et...

— Non. Cela alerterait Tracy. Laissons ce type montrer son museau. Il repartira bredouille en ne voyant aucune blonde aux yeux bleus. A ce propos, maquille-toi soigneusement avant de descendre. Pense à rendre ton teint mat et force sur le rouge à lèvres.

— Entendu. Mais cela ne m'enlèvera pas mon inquiétude. Si seulement Howard pouvait rentrer plus tôt que prévu... Mais je n'ose pas demander au père Clausen de téléphoner pour s'en inquiéter.

— Effectivement, il nous faut être patients. En

attendant, fais la toilette de Rachel, je vais la prendre avec moi.

— Pourquoi ? Je me charge d'elle, voyons.

— Allison, tu oublies que la fille de Jimbo Travis m'a été confiée à *moi*. Il semblerait anormal à mon personnel que je me repose sur une employée embauchée il y a quelques jours.

Après un soupir, Allison hocha la tête.

— Je comprends. Suivons ton plan à la lettre.

Lorsque Dylan entra dans la salle, Rachel sous un bras, la chaise haute sous l'autre, Tracy était déjà à son poste.

Dylan se félicita de lui avoir depuis longtemps confié les clés du Club : si quoi que ce soit le retardait, il pouvait compter sur la jeune femme.

— Ah, notre petite mademoiselle Travis a meilleure allure aujourd'hui, habillée de bleu pâle ! s'écria-t-elle en regardant Rachel.

— C'est Lily, enfin, Mlle DuCharme qui l'a habillée.

— Cette Lily est précieuse. Et très débrouillarde. Je n'aurais pas imaginé que la nièce de la célèbre et milliardaire Magda DuCharme accepterait de travailler comme serveuse et baby-sitter. Elle n'est pas snob.

— Non. Et puis, Lily n'a jamais habité avec Magda. Elle n'est pas habituée à son train de vie : elle n'est pas de New York.

— Oh ? Et d'où vient-elle ?

— De... Seattle. Magda y a une sœur qui est... Euh... libraire. Lily a fait ses études là-bas et n'est venue que de temps à autre rendre visite à sa tante.

Tout en parlant, Dylan installait la chaise haute à côté de la caisse pour y asseoir Rachel.

— Tu comptes la laisser là toute la journée ? s'enquit Tracy.

— Eh bien, Jimbo m'en a confié la garde et...

— Le Club n'est pas une nursery, Dylan. De surcroît, c'est malsain pour une gosse d'être en contact avec des tas de gens et...

La voix de Tracy se fit murmure. Du regard, elle désigna la porte d'entrée à Dylan tout en chuchotant :

— C'est Roy Farley. Le détective.

Dylan leva les yeux vers l'homme qui entrait et força aussitôt un sourire avant de lancer, désinvolte :

— Eh bien, voici notre premier client de la journée !

Farley, un quadragénaire mince et grand en costume gris, s'assit sur un tabouret devant le bar.

— Etes-vous le propriétaire du Club, monsieur ?

— Dylan Johnson, oui. A qui ai-je l'honneur ?

— Roy Farley, détective privé.

Dylan nota la teinte gris acier des yeux qui le sondaient et n'aima pas leur acuité.

— Que puis-je faire pour vous, monsieur Farley ?

— Me donner une tasse de café, et quelques renseignements : mademoiselle, ici présente, m'a dit hier que vous connaissiez Allison Walker.

— Je la connaissais et la fréquentais, oui, il y a dix ans. Je ne l'ai pas revue depuis.

Farley hocha la tête tout en avalant une gorgée de café.

— Mmm... Délicieux.

Dylan s'apprêtait à vanter les mélanges rares de cafés qu'offrait le Club quand le détective passa du coq à l'âne.

— Ce bébé est vraiment mignon. Est-il à vous ?

— Non. C'est la fille de l'un de mes amis qui est parti en vacances. Je fais du baby-sitting.

120

Voyant Tracy ouvrir la bouche et craignant qu'elle ne fît une gaffe, Dylan lui signala la présence de nouveaux clients et la pria d'aller les servir.

— Alors, vraiment, vous n'avez jamais revu Allison Walker ? reprit Farley.

— Non. J'ai même été stupéfait quand Tracy a mentionné son nom hier : je ne l'avais pas entendu depuis si longtemps... Penser à elle me rappelle ma jeunesse !

Rachel choisit cet instant pour taper bruyamment sur la tablette de sa chaise haute avec une petite cuillère que Tracy lui avait donnée. Puis elle lança une série de « Pa... pa... pa... » qui parut intriguer Farley.

— Cette gamine semble vous prendre pour son père.

— Pas du tout. Elle ne sait que dire « La... la » et « Pa... pa ». Ce sont des onomatopées. Pas du langage.

— N'empêche, elle paraît très à l'aise avec vous.

— Elle et moi, nous sommes copains depuis sa naissance : son père, Jimbo Travis, est mon meilleur ami. Mais éclairez donc ma lanterne, monsieur Farley : vous n'êtes pas venu au Club pour parler d'un bébé que j'ai en garde, n'est-ce pas ?

Farley sortit un calepin de la poche intérieure de sa veste.

— Saviez-vous qu'Allison Walker était nurse, monsieur Johnson ?

— Je l'ai entendu dire, oui. Et...

Les mots se bloquèrent sur les lèvres de Dylan : Allison venait d'entrer dans la salle. Dieu merci, elle s'était soigneusement maquillée, au point de paraître bronzée. Et elle portait ses lunettes, au travers desquelles on apercevait des prunelles d'un noir d'encre.

Sur l'instant, le détective ne sembla pas remarquer l'arrivée de la jeune femme.

— Je vais être franc avec vous, monsieur Johnson : quelqu'un dans le voisinage a remarqué une personne correspondant au signalement d'Allison Walker. Or c'est elle que je recherche, vous avez dû le comprendre.

— Allison dans le coin ? Incroyable. Où l'aurait-on vue ?

— A l'église Saint-Benedict.

— Et elle n'y est plus ?

— Non. Le prêtre et sa gouvernante refusent de me dire quoi que ce soit concernant le passage éventuel de Mlle Walker à la paroisse. Mais ils ne nient pas non plus, ce qui m'intrigue. A croire qu'ils craignent de se parjurer...

— Ah !

Dylan se sentait tellement oppressé qu'il était incapable d'émettre le moindre commentaire.

— Vous n'auriez pas une idée de l'endroit où elle a pu aller en quittant Saint-Benedict, monsieur Johnson ? Car je suis persuadé qu'elle y est allée.

— Aucune. Elle n'a personne, ici. Sa mère est partie depuis une éternité avec un camionneur.

— Le Club a été mentionné par bon nombre de gens comme étant l'endroit où elle chercherait à se réfugier.

— Ah bon ?

— Oui. A cause de vous, son ancien petit ami, et de votre sœur avec laquelle elle était amie.

— Shari n'habite ni ne travaille plus ici depuis belle lurette. Elle va se marier et vit avec son fiancé.

— Mais Mlle Walker doit ignorer ce fait. Il serait donc logique qu'elle se rapproche de votre sœur.

— Pas du tout. Quand Allison et moi avons rompu, plus exactement quand Allison m'a laissé tomber,

122

Shari a pris fait et cause pour moi et ne voulait plus entendre parler de celle qui m'avait fait du mal.

— Mais si elle se montrait, vous la reconnaîtriez, n'est-ce pas? Inutile que je vous fasse voir une photo? Vous savez qu'elle est blonde aux yeux bleus, mesure un mètre soixante-cinq et doit peser cinquante kilos.

— Je m'en souviens. Toutefois, dans la mesure où il entre dans cette salle des dizaines de blondes aux yeux clairs, je ne sais si je la reconnaîtrais au premier coup d'œil.

— Mmm. Et comment expliquez-vous que tant de gens pensent qu'elle aura cherché refuge auprès de vous?

— Ce sont des gens qui ignorent ce qui s'est passé entre nous. Ils nous croient en bons termes alors que nous sommes fâchés à mort. Plus exactement, *je* suis fâché à mort avec elle.

— Mais si elle entrait, vous ne pourriez pas ne pas la remarquer avec un bébé dans les bras.

— Qu'est-ce qu'un bébé vient faire dans cette histoire? Allison a un enfant?

— Oui. Et le voici...

Le souffle court sous l'effet de l'appréhension, Dylan regarda la photo que le détective lui tendait et respira un peu mieux en constatant que la teinture rousse avait vraiment rendu Rachel méconnaissable.

— C'est curieux, commenta-t-il. D'ordinaire, les nurses n'ont pas d'enfant à elle. Allison travaillait chez quelqu'un et s'occupait de son bébé en même temps que de celui de ses employeurs?

— Oui. Et elle a pris la fille de l'air en emportant un collier de rubis d'une inestimable valeur.

— Comment est-on sûr que c'est elle qui l'a volé?

— Sa fuite équivaut à un aveu.

— C'est moche, qu'elle ait fait ça...

— Oui, hein? C'est pour cette raison que je vous raconte toute l'histoire. Ainsi, si Mlle Walker songeait à vous demander votre aide, vous pourriez vous venger de ce qu'elle vous a fait il y a dix ans en la dénonçant.

Le salaud, pensa Dylan avant d'entrer dans le jeu :

— Je le ferai, sans l'ombre d'un remords, monsieur Farley. Mais croyez-moi, Allison n'osera jamais venir me trouver.

— Dommage : il y a une belle récompense pour celui qui permettra d'attraper cette voleuse.

— J'y songerai si une blonde entre au Club, Farley, et je vous préviendrai puisque vous avez laissé votre carte avec votre numéro de portable à Tracy.

Dylan s'attendait à ce que le détective prenne congé. Au lieu de cela, l'homme prit sa tasse et alla s'installer à une table.

— Je ne pars pas encore, monsieur Johnson. J'ai tout mon temps. Cela me permettra de poser quelques questions aux autres membres de votre personnel : pour l'instant, je n'ai parlé qu'avec Mlle Tracy.

— Mes employés sont toujours très occupés, Farley. Je détesterais que vous les retardiez dans leur service.

— Oh, je vous répète que j'ai tout mon temps : j'ai loué une chambre dans un hôtel un peu borgne, près de l'ancien appartement qu'occupaient Mlle Walker et sa mère. J'habite donc tout à côté, pour une durée indéterminée. Ainsi, je pourrai interroger vos employés à la fin de leur service. Je suis patient, vous savez. De plus, j'adore le bon café. Pourrais-je en avoir une autre tasse?

Dylan sentit la panique le gagner : en dehors de Tracy très occupée à la caisse, il n'y avait qu'Allison pour servir en salle, ses collègues ne commençant qu'à 8 heures, soit dans quinze minutes.

Il prit une profonde inspiration, puis lança :

— Lily ? Voudriez-vous bien vous occuper de M. Farley ? Merci.

Puis il se détourna et s'attaqua au nettoyage de l'un des percolateurs.

Dès qu'Allison prit sa pause dans la salle de repos, Dylan la rejoignit, Rachel dans les bras.

— Bon sang, j'en ai des sueurs froides, dit-il en s'essuyant le front.

— Ne t'inquiète pas : tout se passe bien. Farley est scotché à sa table, mais son regard ne s'arrête jamais spécialement sur moi ni sur Rachel.

— Farley m'a parlé de sa patience : elle est indéniable. Il est là depuis 7 h 30, et il est 11 heures !

— Eh bien, qu'il passe ses journées ici, si ça lui chante : Howard va rentrer d'un jour à l'autre, et il me blanchira : je sais où est le collier de rubis. Dans le coffre de la voiture de Nanette Cantor.

— Voilà qui est rassurant. A condition que ni Marcus ni sa femme n'aient changé le collier de place !

— Le tout est de contacter Howard. Ça m'ennuie de mettre encore le père Clausen à contribution.

— Tout est réglé de ce côté-là : Gwen va s'en occuper. Personne, à la société Cantor, ne s'étonnera que la richissime Mme McNamara cherche à joindre le P.-D.G. A propos de Gwen, j'ai rendez-vous pour déjeuner avec Garrett à midi. Tu resteras donc seule au Club face à Farley. Tu tiendras le coup ?

— J'ai un sang-froid à toute épreuve, Dylan. Pas de problème. En fait, c'est Shari que je crains. Elle a toujours été très curieuse et très futée. Alors, si jamais l'idée lui prend de venir m'interroger...

— Ah, à ce propos, j'ai raconté à Tracy, très sommairement, que tu venais de Seattle. N'oublie pas ce détail si tu parles avec ma sœur, dans le cas hypothétique où elle montrerait le bout de son nez au Club.

— D'accord. Seattle. Il y fait humide, il y a beaucoup d'eau, et c'est très joli.

— Tu n'y es jamais allée?

— Non.

— Flûte. Tu pourrais aisément tomber dans un piège.

— Je m'arrangerais pour noyer le poisson. Que suis-je censée être d'autre, hormis une habitante de Seattle?

— La fille d'une libraire, sœur de Magda. Mais, Allison, je t'en prie, bavarde le moins possible avec Tracy : c'est une pipelette, et elle est d'une curiosité de fouine.

— Je m'en suis rendu compte. Je vais donc me borner à effectuer mon service en salle, puis dès que j'aurai un moment de libre, je me retirerai ici avec Rachel. Comme cela, Tracy n'aura pas le loisir de me soumettre à la question.

— Très bien. Sois aussi discrète qu'une souris grise.

Il se pencha pour l'embrasser dans le cou, mais sans s'attarder de crainte que quelqu'un n'entre et ne les surprenne.

11.

Pour rester dans son rôle, Dylan avait dû emmener Rachel avec lui. Allison se trouvait donc seule, bien qu'au milieu de dizaines de personnes, au Club.

Pour lutter contre le sentiment d'oppression qui la gagnait, elle en vint à répondre aux sourires des consommateurs, à leurs réflexions aimables, à leurs plaisanteries.

Elle découvrit alors à son grand étonnement qu'elle pouvait communiquer aisément avec autrui, que la barrière qu'elle avait érigée autour d'elle depuis l'enfance était superflue, que sa mère représentait une exception parmi les êtres humains, lesquels pour la plupart ne la considéraient pas comme un poids ou une intruse.

Au Club, comme auprès de Dylan, elle se rendait compte que le monde ne comptait pas uniquement des femmes au cœur froid comme sa mère, ou des hommes dénués de sentiments comme ses fugitifs beaux-pères. Les clients du Club semblaient l'apprécier, et cela l'amenait à abaisser ses défenses.

Certes, après Dylan, Howard Cantor avait su lui aussi l'apprivoiser. Il lui avait accordé sa confiance, et elle en avait été si touchée qu'elle voulait s'en montrer digne jusqu'au bout, même au risque de passer pour une voleuse.

Mais, s'objecta-t-elle, dans son malheur, elle connaissait le bonheur d'avoir retrouvé Dylan, même si celui-ci ne parlait pas mariage. Envisageait-il de partager son avenir avec elle, comme cela avait été le cas dix ans plus tôt ? Probablement que non. Chat échaudé craignant l'eau froide, il la garderait auprès de lui, à titre de maîtresse. Mais jamais il ne lui donnerait son nom.

Etonnée de voir quel cours prenaient ses pensées, elle se rappela à l'ordre.

Il serait bien temps de songer à cela ultérieurement, se dit-elle, lorsque Howard serait rentré, et la vérité, dévoilée. Pour l'instant, elle avait autre chose à faire, et surtout un personnage à jouer sans trébucher : celui de Lily, la nièce de Magda DuCharme. Et ce d'autant plus que Shari venait d'entrer dans la salle et marchait droit sur elle !

— Lily, arrêtez donc un peu de faire luire ces tables et venez prendre un espresso avec Tracy et moi !

Obéissante, Allison suivit la jeune femme dans la salle de repos où elle s'installa dans l'un des deux fauteuils de cuir qui flanquaient le canapé, Tracy s'asseyant dans l'autre tandis que Shari prenait place sur le sofa.

— Ouf ! s'écria Tracy, c'est un sacré soulagement de n'avoir pas l'œil de Caïn à son poste, cet après-midi !

— L'œil de Caïn ? demanda Shari.

— Le détective qui cherche Allison Walker. Il n'a pas bougé de 7 h 30 à 13 heures, scrutant chaque femme blonde de moins de trente ans d'une manière que certaines ont dû juger indécente. Et il a mangé trois tartes aux groseilles !

— Celles que Dylan a découvertes chez ce pâtissier du Bronx ?

— Oui. Elles partent comme des petits pains.

— Des petits pains, ou des tartes, Tracy ?

Les deux femmes éclatèrent de rire, et Allison y alla d'un sourire contraint.

— Des tartes, reprit Tracy. Dylan est le roi pour trouver les meilleurs gâteaux de la ville. Il faut dire qu'il se donne du mal pour choisir ses fournisseurs.

— Mon frère est un maniaque de la perfection. Un adorable maniaque.

Tracy opina, une expression attendrie sur les traits.

Ces deux femmes adoraient Dylan, cela sautait aux yeux, songea Allison. De surcroît, il avait une foule d'amis affectueux, Gwen le tenait en haute estime, son personnel l'appréciait sans restriction... Quelle chance il avait d'être aimé de tant de gens...

— Lily, je tenais à ce que vous sachiez que, vraiment, cela ne me gêne pas que vous occupiez mon appartement, dit Shari. J'ai eu un mouvement d'humeur, l'autre jour, mais il n'a duré que le temps d'un soupir. Il a ensuite été remplacé par une infinie satisfaction : mon solitaire de frère venait soudain de rompre avec sa vie d'ermite en hébergeant une ravissante jeune femme, et surtout en s'occupant du bébé de Jimbo, lui, le célibataire endurci qui pense que la paternité ne sera jamais son lot !

Il y eut un silence, puis Shari reprit d'une voix légèrement assourdie :

— Quand je pense combien tout aurait pu être différent pour lui si Allison ne l'avait pas quitté...

— Celle que recherche Farley, le détective ? s'enquit Allison.

Elle était consciente de marcher sur des œufs mais était incapable de s'en abstenir : Dylan lui avait si peu

129

parlé de sa vie après leur rupture... Elle brûlait de savoir ce qu'il avait réellement éprouvé.

— Oui.

— Farley a laissé entendre qu'autrefois Dylan et elle étaient... amants.

— Bien davantage qu'amants : amoureux. Vraiment. Comme on n'aime qu'une fois dans la vie. Du moins était-ce le cas en ce qui concernait mon frère.

— Cette fille l'a laissé tomber, et il ne s'en est jamais remis, c'est ça ? s'enquit Tracy.

— Oui. C'est moche, ce qu'elle lui a fait.

— Peut-être était-elle trop immature pour aimer profondément et penser à l'avenir, hasarda Allison.

— Peut-être, concéda Shari. En attendant, je prends tous les paris que si elle s'avise de chercher refuge auprès de lui, mon frère lui ouvrira sa maison... et ses bras : il voudra reconquérir celle qui l'a abandonné. Par fierté... et parce qu'il est toujours amoureux d'Allison.

— En êtes-vous sûre ? demanda cette dernière. Tant d'années ont passé...

— Des années durant lesquelles mon frère a collectionné les aventures mais ne s'est jamais engagé. A trente ans, il devrait être marié et père. Mais il n'y a de place que pour Allison Walker dans son cœur, hélas. Toutefois, il ne se fera pas avoir une deuxième fois. Il fera fondre Allison et, quand elle sera folle amoureuse de lui, il l'enverra à la pêche.

Allison se sentit blêmir. Après avoir bu son ultime gorgée de café pour cacher son désarroi, elle balbutia :

— C'est triste ce que vous dites, Shari. La vengeance n'est jamais une bonne chose.

— Un prêté pour un rendu. Allison découvrira quel mal cela fait d'être abandonné quand on croit être aimé pour la vie.

130

— Donc, les cloches ne sonneront que pour votre mariage avec Garrett, commenta Tracy. Dylan, lui, restera seul.

— Et Allison aussi. Ce sera sa punition. Mais tout cela n'est que pure spéculation : pour l'instant, elle ne s'est pas montrée, et je doute qu'elle le fasse, quoi qu'en pense ce détective.

Allison eut la sensation de se recroqueviller dans une coquille. Elle avait cru en un nouveau départ, et voilà qu'elle apprenait que Dylan la jetterait comme un mouchoir usagé dès qu'il serait sûr de son attachement pour lui...

Ainsi, pensa-t-elle, la mort dans l'âme, juste au moment où elle commençait à faire confiance aux êtres qui l'entouraient, la vie se chargeait de lui montrer qu'elle avait eu tort de baisser sa garde. Mais heureusement, il était encore temps de rectifier le tir...

Depuis son retour au Club, Dylan se demandait pourquoi Allison était devenue aussi distante. Froide, lointaine, peu loquace, elle gardait ses sourires et ses baisers pour Rachel qu'elle tenait dans ses bras, attendant que Gwen les reçoive, comme convenu.

— Quel amour, cette petite ! s'écria Gwen après les avoir priés d'entrer. Mon Garrett était un enfer, à cet âge-là. Rachel a une faculté d'adaptation extraordinaire. Howard Cantor a bien de la chance. D'après ce que j'ai entendu dire, la vraie Rachel, celle de Jimbo, est du genre pénible : capricieuse et...

Elle s'interrompit, le temps de remettre en ordre les boucles de la fillette, et changea complètement de sujet en dardant son regard scrutateur sur Allison.

— Alors ? Comment se passent vos journées au Club ?

— Très bien. Je travaille beaucoup, mais les clients sont charmants. Tracy et Shari aussi, au fait. Imaginez-vous qu'elles se sont mis en tête de me trouver un galant, et ont à cet effet placé une carte dans l'urne pour les rendez-vous, au nom de Lily DuCharme, et je ne sais quel numéro pour que les candidats me contactent.

Dylan crut avoir mal entendu. Mais non. Le regard d'Allison exprimait une ironie glacée qui le saisit. Elle se moquait de lui de toute évidence, et y trouvait plaisir. Elle eut même le sadisme d'ajouter :

— Ne t'affole pas, Dylan. Je ne suis pas obligée d'aller jusqu'au bout du jeu !

Il aurait dû se sentir rassuré, se dire qu'Allison n'avait pas su dire non aux deux femmes, et pourtant le malaise persistait. Allison n'était plus la même depuis cet après-midi.

— Bon, nous allons passer ce coup de fil aux bureaux de Howard Cantor ? s'enquit Gwen.

C'était dans ce but qu'ils s'étaient rendus à l'hôtel particulier de la mère de Garrett.

Celle-ci les pria de l'accompagner dans son bureau, dont elle ferma soigneusement la porte.

— Et maintenant, dit-elle en se frottant les mains, affrontons le dragon qui veille sur l'intimité et la paix d'Howard Cantor. Je sais qu'il s'agit d'une dénommée Bellowes, probablement une vieille fille dévouée corps et âme à son patron. Mais je saurai la manipuler.

Ce qui fut fait, Gwen ayant le don de se faire obéir du pire des rebelles. En un clin d'œil, la secrétaire particulière d'Howard fut tout sucre et tout miel envers cette grande dame de New York qui voulait associer son bien-aimé P.-D.G. à une opération de charité de prestige.

Le haut-parleur étant branché, Dylan et Allison suivaient avec attention la conversation.

— Maintenant, ma chère madame Bellowes, disait Gwen, j'aimerais que vous branchiez cet appel sur la boîte vocale personnelle d'Howard. Je sais que vous lui transmettrez mon message, mais j'aimerais mieux m'adresser directement à un si vieil ami.

Allison agita les mains, mimant une coupure. Gwen comprit le message et débrancha le haut-parleur. Allison souffla alors :

— Attention à ce que vous allez dire ! Marcus consulte certainement le répondeur de son oncle.

Gwen hocha la tête avant de reprendre, d'une voix aussi douce qu'un gazouillis d'oiseau :

— Vous pouvez faire cela, n'est-ce pas, madame Bellowes ?

— Oui, bien sûr. Un instant, voilà, c'est fait. Vous pouvez parler.

Adoucissant encore son intonation, Gwen énonça sa demande, priant Howard de la joindre dès son retour, car elle tenait à faire de lui la personnalité numéro un de la soirée de charité qu'elle donnerait au Waldorf, avec la participation des plus grands joailliers.

Puis elle demanda à la secrétaire de reprendre la ligne.

— Savez-vous si Howard rentrera bientôt, chère madame Bellowes ? J'ai besoin de m'organiser, et son accord est le plus précieux parmi tous ceux que je dois obtenir.

— Eh bien, M. Cantor est en route pour les Etats-Unis, mais il fait des escales. Néanmoins, à chaque arrêt, il consulte sa messagerie. Mais il ne rappelle que les urgences.

— Mon coup de téléphone en est une, il s'en rendra compte.

— J'en suis certaine, madame McNamara.

— Parfait. Au revoir, et merci de tout cœur pour votre gentillesse et votre efficacité.

Allison imagina la secrétaire se rengorgeant alors que Gwen raccrochait.

— Une bonne chose de faite ! s'exclama Gwen en se laissant aller contre le dossier de son fauteuil. La curiosité et la vanité pousseront Howard à me contacter très vite.

— Seigneur... Pourvu que cela soit vrai, dit Allison. J'ai hâte de sortir de ce piège.

Elle s'interrompit un instant, le temps de se tourner vers Dylan.

— Je te libérerai rapidement de la charge que nous représentons pour toi, Rachel et moi.

Il eut l'air choqué.

— Je n'ai jamais dit que vous étiez une charge !

Allison baissa les yeux pour cacher les larmes qui y affluaient. Non, Rachel n'était certainement pas une charge. Mais elle-même, si. Une charge que Dylan supportait depuis dix ans et dont il allait se débarrasser, sa vengeance assouvie.

— Vous allez bien entendu rester dîner, dit Gwen alors qu'Allison se penchait sur le bébé et le câlinait, puisant dans la chaleur du petit corps l'énergie dont elle avait besoin pour continuer à donner le change à Dylan.

Elle l'entendit accepter l'invitation de leur hôtesse et vit aussitôt celle-ci s'approcher pour prendre Rachel dans ses bras.

Manifestement, songea Allison, Gwen recherchait la compagnie de la fillette pour combler son besoin encore insatisfait d'être grand-mère, et saisissait la moindre occasion d'embrasser et de cajoler le bébé.

Mais bientôt, Shari et Garrett lui donneraient ce petit-enfant dont elle rêvait, alors qu'elle-même ne connaîtrait peut-être jamais le bonheur de porter les enfants de Dylan.

Le Club venait de fermer quand le trio rentra.

Dès que Dylan sortit du taxi, il s'immobilisa.

— Allison, il y a de la lumière dans mon appartement !

Prise de panique, Allison se rejeta contre la banquette, de peur d'être vue.

— Mon Dieu ! On m'a retrouvée ! Les hommes de Marcus m'attendent !

Dylan pria le chauffeur d'attendre quelques minutes, et s'accorda le temps d'observer les allées et venues des deux silhouettes.

Au terme d'un long moment, il laissa échapper un soupir de soulagement.

— C'est Shari et Garrett !

— Que font-ils chez toi ?

— Je l'ignore. Peut-être nous attendent-ils pour une raison quelconque et n'ont-ils pas voulu aller chez Shari par discrétion, puisque son studio est ton domicile temporaire. Ils ne savent pas que tu es partie avec moi. Ils t'imaginent peut-être au second étage, endormie.

— Oui, eh bien, c'est ce que je vais faire immédiatement : monter au second et ne plus en bouger. Va donc voir ta sœur et ton futur beau-frère.

Evidemment, cette façon d'agir impliquait que Dylan gardât Rachel, songea Allison. Mais tant pis. Elle se sentait incapable de discuter normalement avec Shari, maintenant que cette dernière lui avait révélé le désir de revanche de Dylan.

135

— Mais enfin, Allison, il n'est pas si tard...

— Rachel a besoin de se reposer. D'ordinaire, elle dort déjà depuis une bonne heure. Couche-la, et ensuite passe une bonne soirée en famille.

Dylan la regarda avec étonnement, puis haussa les épaules.

— D'accord. Si c'est ce que tu souhaites. Je t'appellerai dès qu'ils seront partis.

— Où étais-tu? demanda Shari dès que Dylan eut franchi le seuil de son appartement.

— Chez Gwen.

— Pourquoi avoir emmené la gosse de Jimbo Travis chez ma mère? s'enquit Garrett.

— Parce qu'elle adore pouponner. Vous aurez intérêt à lui donner très vite des petits-enfants, vous deux : Gwen est en manque.

— C'est sidérant : elle a passé sa vie à se plaindre de moi, prétendant que j'étais un gamin infernal, et que c'était pour cela que j'étais resté fils unique. Elle n'avait pas envie de remettre le couvert tant j'étais casse-pieds. Paraît-il.

— Gwen a vieilli, et s'est bonifiée. Ta mère n'est plus la dame qui me terrorisait du temps de mon enfance et de mon adolescence. Elle sera une grand-mère formidable.

— Le ciel t'entende. Parce que, moi, je n'ai guère rigolé avec elle.

Shari l'enlaça et se fit câline.

— Je ne serai pas une mère comme la tienne, Garrett. Nos enfants m'adoreront, et leurs copains n'auront pas peur de moi.

— J'y compte bien, ma chérie.

136

— Pendant que vous vous embrassez, les tourtereaux, je vais mettre la petite princesse au lit. Excusez-moi un moment.

— Dylan, me permets-tu de la coucher? Cela me fera un début d'entraînement.

— Pas ce soir. Rachel est énervée et fatiguée : elle risque de pleurnicher. Tu n'es pas prête à affronter ça. Attends donc, pour te faire la main, d'avoir un bébé tout neuf bien à toi.

Shari affecta un grand désespoir que son fiancé, avec force caresses sur les cheveux et baisers dans le cou, s'empressa de chasser. Puis il s'assit avec elle sur le canapé.

— Va donc, Dylan, dit-il. On t'attend.

— Nous préparerons des cocktails pendant ce temps.

— Hein? Je n'ai pas besoin de cocktail. Et vous deux devez avoir autre chose à faire que de rester ici !

— Non. Nous te trouvons trop solitaire, petit frère. Nous avons décidé de te tenir compagnie ce soir.

Trop solitaire? songea Dylan avec amusement tout en se retirant dans l'alcôve où se trouvait le berceau de Rachel, à côté de son propre lit. Si Shari et Garrett avaient su à quel point il était heureux et comblé, ils en seraient tombés à la renverse !

Quel égoïste et quel goujat! se disait Allison pour la énième fois avec agacement en entendant Dylan rire et bavarder avec sa sœur et Garrett, un étage en dessous. Alors qu'il avait promis de venir la chercher dès qu'il serait seul, voilà qu'il passait la soirée en famille, la délaissant sans vergogne. Autant dire que sa vengeance avait commencé. Après lui avoir fait goûter aux délices de la vie à deux, de l'amour partagé, il lui donnait un échantillon de ce qui l'attendait : un abandon programmé.

Elle consulta sa montre. Deux heures. Cela faisait deux heures qu'il s'amusait avec sa sœur et son copain. Plusieurs fois, elle avait décroché le téléphone, bien décidée à lui rappeler sa promesse. Mais, finalement, elle avait remis le combiné en place sans former le numéro, la mort dans l'âme.

A quoi bon le forcer ? se disait-elle. Il n'avait pas envie d'être avec elle, point à la ligne. Et il ne pensait même pas à l'appeler, elle, pour lui souhaiter une bonne nuit et la prier de l'excuser pour le lapin qu'il lui avait posé.

Furieuse, elle se laissa tomber sur le sofa et alluma la télévision, prête à s'infliger n'importe quel feuilleton débile pour prendre son mal en patience.

Mais cinq minutes après avoir assisté aux évolutions de surfeurs musculeux sur des vagues spectaculaires, elle s'endormit.

12.

— J'imagine que tu es fatigué.

Dylan regarda Shari qui lui faisait face à la table de la cuisine, un verre de Martini devant elle.

— Oui, mais c'était gentil de venir me rendre visite et de m'apporter votre *press-book*. Je ne m'étais pas rendu compte que les chroniques mondaines de tant de journaux parleraient de vous et de votre mariage imminent.

— Nous avons un succès fou, Garrett et moi, mais je ne me fais pas d'illusions : ma célébrité vient du fait que j'épouse l'héritier McNamara ! La fille d'un couple de cafetiers, sinon, n'aurait pas intéressé grand monde. En tout cas, nous peaufinerons notre album-souvenir en y rajoutant des exemplaires d'invitations, le menu du mariage, et les pages restantes serviront de livre d'or. A ce propos, j'aimerais que d'ores et déjà tu m'écrives un petit mot, frangin.

— Je t'aime. C'est tout ce que je me sens capable d'inscrire dans l'immédiat, tant je suis crevé... mis à part ceci : rentrez chez vous, par pitié, et laissez-moi dormir !

Garrett prit sa fiancée par la main et la força à quitter sa chaise.

— Laissons l'homme des cavernes en paix, chérie. Il a besoin de repos et de solitude.

— Entendu. Mais il n'est que minuit et...

— ... et j'ouvre le Club à 7 h 30, Shari, l'as-tu oublié ? Pourtant, il n'y a pas si longtemps, avant d'entrer dans le grand monde, tu y travaillais.

— Bon, ça va, j'ai compris. Nous partons. Aide-moi simplement à retrouver mon sac.

— Tu l'as posé près du canapé, répondit Dylan.

— Ah oui ! Nous te rendons ta quiétude, frangin, mais auparavant, il faut que je te donne des lettres...

Shari fouilla dans son sac pour en extraire un paquet d'enveloppes bleues qu'elle tendit à Dylan.

— Hé ! Mais ce sont des réponses aux bristols déposés par mes clients dans l'urne des demandes de rencontres ! Ne me dis pas que tu as mis un message à mon nom dans la boîte sans m'en parler !

— Non. Tous ces messages sont pour Lily. Tracy les a récupérés aujourd'hui et me les a remis. Donne-les à notre nouvelle amie.

— Mais j'avais cru comprendre qu'elle ne cherchait pas à se marier.

— C'est ce qu'elle nous a dit, mais Tracy et moi avons pensé qu'elle avait besoin de se trouver un galant pendant son séjour à New York. Elle est trop isolée. La preuve, tu m'as assuré que tu lui avais proposé de se joindre à nous ce soir et qu'elle avait décliné l'invitation.

— Elle aussi est fatiguée : elle travaille beaucoup au Club.

— Tu la fais trimer comme une esclave, oui ! Et après sa journée, tu lui demandes de s'occuper de Rachel Travis ! Tu exagères, et c'est pour ça que Tracy et moi, nous avons mis sa... candidature dans l'urne.

140

— A mon avis, elle n'aimera pas ça. Vous vous mêlez de ce qui ne vous regarde pas, mesdemoiselles Tracy et Shari !

— On verra bien. Il faut forcer la chance et...

Garrett serra le coude de sa fiancée.

— Shari, ne vois-tu pas que Dylan n'apprécie pas ton initiative, et ce pour une raison bien simple : il a lui-même des visées sur Lily.

Shari arrondit les yeux.

— C'est vrai, frangin ? Tu es amoureux ?

— Eh bien, je... Oh, flûte, Shari. Je remettrai ces enveloppes à Lily demain. Sur ce, bonne nuit !

— Je ne te crois pas. Tu ne lui donneras pas les messages. Je vais de ce pas les lui apporter moi-même.

Dylan faillit s'étrangler.

— Quoi ? A *cette* heure ?

— Et alors ? Qu'est-ce que l'heure a à voir ? Nous sommes bien debout, nous.

Sur ces mots, Shari sortit de l'appartement, gravit l'escalier et colla l'oreille à la porte de son studio.

— Pas le moindre bruit, souffla Dylan qui l'avait suivie. Viens, Shari. On s'en va.

— Mais j'entends la télévision ! assura Shari tout en tournant la poignée. Et regarde, la porte n'est même pas verrouillée...

A pas de loup, elle entra dans le living-room, son frère et son fiancé sur les talons.

Dans son sommeil, Allison perçut un bruit. Vaguement réveillée, elle songea au téléviseur. Puis se rendit compte que l'on marchait dans la pièce. D'un bond, elle fut sur ses pieds, et se trouva face à trois visiteurs quelque peu penauds.

— Que se passe-t-il ? demanda-t-elle après s'être éclairci la voix, il y a le feu ?

— Vous dormiez, dit Dylan d'un ton navré. Excusez-nous.

— Tout est ma faute, intervint Shari. J'ai un caractère plutôt impétueux. C'est moi qui ai voulu monter et vous ai dérangée. Et cela seulement pour vous remettre ces messages.

Elle glissa la liasse d'enveloppes dans la main d'Allison et tourna les talons, entraînant Dylan et Garrett derrière elle.

— A demain. Je viendrai aux nouvelles.

A mi-chemin, dans l'escalier, Dylan se sépara du duo d'amoureux.

— Ciao. Je vais souhaiter bonne nuit à Lily et la prier de ne pas nous en vouloir.

Il arriva au moment où Allison repoussait la porte.

— Désolé, ma chérie, mais ils ne voulaient pas partir. Ce sont des oiseaux de nuit et...

— Tu aurais pu me téléphoner et, voyant que ça s'éternisait, me demander de vous rejoindre ! Tu savais que je t'attendais !

— J'ai craint qu'une telle marque d'intimité entre nous ne les intrigue. Après tout, nous ne sommes censés nous connaître que depuis quelques jours, et tu es Lily DuCharme. Je ne suis pas supposé aimer Lily mais cette Allison Walker en fuite...

— C'est pour cela que ta sœur a suggéré que tu te mettes sur les listes des cœurs solitaires du Club... comme elle l'a fait pour moi, enfin, pour Lily...

Elle secoua les enveloppes qu'elle tenait toujours à la main.

— Je vais lire tout ça. Cela me distraira et peut-être me donnera des idées.

— Des idées? Que t'arrive-t-il, Allison? Tu as changé, en quelques heures...

Elle lui rabattit la porte au visage en riant amèrement :

— Excuse-moi, mais j'ai hâte de lire cette prose. Bonsoir, Dylan.

Sidéré, il resta un long moment sur le palier avant de se résoudre à rentrer chez lui.

Le lendemain matin, Dylan attendit une accalmie dans le flux de clients pour s'approcher de l'urne, déterminé à en retirer la carte déposée au nom de Lily par sa sœur et Tracy.

A aucun prix, se disait-il, d'autres hommes ne devaient tenter d'entrer en contact avec Allison. Car moins elle connaîtrait de candidats au mariage, et plus le risque que l'histoire de Ted Zane se reproduise serait réduit. Voyons, quel numéro devait porter son enveloppe...? Ah oui, ça y était, il se souvenait...

Il plongeait la main dans la boîte quand Farley se matérialisa à côté de lui. Il sursauta et retira sa main.

— Dommage que je manque de temps, sinon j'aurais utilisé votre service de messagerie, dit le détective.

— Mmm. Vous êtes de nouveau là? Vous tablez toujours sur la venue d'Allison Walker au Club, en dépit de ce que je vous ai dit de mes relations avec elle?

— C'est mon meilleur cheval. Mes autres pistes n'ont pas abouti. Il ne me reste que l'hypothèse de votre établissement.

Tracy s'étant approchée d'eux, Dylan la fusilla du regard.

— Tu étais censée veiller sur le bébé !

— Lily a pris le relais. Elle se débrouille magnifiquement avec cette gosse. On dirait qu'elles se connaissent depuis toujours, toutes les deux.

Dylan se rendit compte qu'il grinçait des dents. Tracy avait l'art de prononcer des paroles susceptibles d'alerter Farley. Désireux de cacher la rougeur que la colère lui avait fait monter aux joues, il se pencha sur l'urne et, la chance aidant, trouva tout de suite l'enveloppe portant le numéro dévolu à Allison.

Tracy protesta :

— Pourquoi enlèves-tu la carte de Lily ?

Dylan dut serrer les poings, tant il avait envie d'étrangler cette pipelette !

— Lily est d'accord. Elle a reçu assez de réponses comme ça. Retourne auprès du bébé, Tracy. J'arrive.

Et plantant là Farlery, il emboîta le pas à la jeune femme. Mais, un peu plus loin, celle-ci se retourna pour lui demander :

— Pourquoi avoir fait ça, Dylan ? Lily est seule et...

— ... et je veux être le premier à lui donner un rendez-vous ! Est-ce une bonne raison, selon toi ?

Le visage de Tracy s'éclaira. Sans laisser à Dylan le temps de réagir, elle appela Lily qui délaissa la table qu'elle débarrassait.

— Oui, Tracy ?

— Bingo, Lily ! Dylan se met sur les rangs ! Il veut de vous !

Allison regarda Dylan en fronçant les sourcils.

— Pardon ?

— Eh bien, je... je comptais promener Rachel au parc dans sa poussette cet après-midi, et je me suis dit que vous pourriez m'accompagner...

144

Tracy posa la main sur le biceps de Dylan.

— Lily, vous ne trouverez pas mieux que lui à des lieues à la ronde. Acceptez l'invitation, bien qu'à mon avis, elle manque de classe. Un dîner aux chandelles aurait été de meilleur goût qu'une offre de baby-sitting partagé !

Les yeux d'Allison allèrent de Dylan à Rachel, et revinrent sur Dylan pour s'y arrêter.

— Entendu. Un peu d'air frais n'a jamais fait de mal à personne. Va pour Central Park.

Dans sa poussette, Rachel souriait aux oiseaux, aux feuillages et aux fleurs.

— Alors ? Que disaient les messages que Shari t'a remis ? demanda Dylan quand il fut certain qu'Allison n'aborderait pas d'elle-même le sujet.

— Leur lecture m'a endormie plus vite que le plus puissant des somnifères.

— En quoi ces missives d'inconnus auraient pu t'intéresser ?

— C'est à moi d'en juger, et tu n'avais pas le droit de retirer ma carte de l'urne.

— Hé ! Je suis le patron du Club ! J'y fais ce que bon me semble, notamment veiller sur ma petite amie. Je ne veux pas que des types bavant de désir, la langue pendante, lui tournent autour !

Allison ne put se retenir de rire. Depuis qu'ils avaient quitté le Club et marchaient dans le parc, ils n'avaient guère bavardé. A l'évidence, Dylan tentait de rompre la glace en plaisantant. Et le pire, c'était que la stratégie fonctionnait : tout à coup, elle se sentait mieux. Un minuscule atome de confiance se réinstallait dans son esprit.

Mais Shari l'avait prévenue : dès qu'il la saurait en sécurité, ainsi que Rachel, Dylan l'expulserait de sa vie sans prendre de gants. Exactement comme elle l'avait évincé de la sienne dix ans plus tôt.

Ils étaient arrivés devant le carrousel. Rachel battait des mains en regardant les chevaux de bois qui montaient et descendaient sur leur axe. Un piano mécanique déroulait ses notes aigrelettes, comme autrefois, et le parfum vanillé des barbes à papa flottait dans l'air. Le vendeur de ballons rouges était toujours là, décati mais fidèle au poste, ainsi que celui de pommes d'amour.

L'émotion serrait la gorge d'Allison quand Dylan déclara :

— L'endroit est toujours aussi magique, n'est-ce pas ?

Allison ne répondit pas, perdue dans ses souvenirs et ses rêves qui s'entremêlaient. Ils avaient autrefois formé un couple. Ils en formaient un de nouveau aujourd'hui... qui pourrait durer la vie entière... et le bébé qu'ils promèneraient serait le leur. L'image qu'ils devaient présenter aux yeux des gens était celle de jeunes parents consacrant du temps à leur fillette.

Mais la réalité était tout autre. L'enfant n'était pas à eux, et leur couple se briserait comme un vase de cristal jeté à terre dans quelques jours.

— Je crois que Rachel a envie d'essayer l'équitation sur cheval de bois, dit Dylan en montrant du doigt le bébé qui criait, mains tendues vers le manège.

— Pourquoi pas ? Mais il faut que l'un de nous reste avec elle et la maintienne en selle.

— Vas-y. Ce sera un plaisir de te regarder... Tu

n'as plus de tresses attachées par des rubans et tu ne seras pas sur le cheval mais à côté... Qu'importe ? Il me semblera avoir rajeuni de plus de dix ans.

— J'étais quand même un peu sotte de monter sur ce manège à seize ans !

— Tu l'as même fait à dix-huit.

— Parce que, enfant, ma mère ne me donnait jamais d'argent de poche. Je n'ai pu m'acheter de tickets qu'à l'adolescence, quand j'ai gagné quatre sous en gardant des enfants, rappelle-toi.

— Alors ne te prive pas de ce tour de manège avec Rachel !

Après une hésitation, Allison prit la fillette dans ses bras et sauta sur la plate-forme lorsque le carrousel s'arrêta. Elle cala Rachel sur un cheval à la selle constellée d'étoiles dorées. Dans un cri de ravissement, Rachel empoigna l'axe et le serra : elle avait visiblement compris ce qu'il fallait faire. Néanmoins, Allison resta auprès d'elle et la retint par le dos de sa grenouillère.

Dylan ayant payé pour trois tours, elle savoura son plaisir, riant de concert avec Rachel. Mais lorsque arriva le moment de descendre, elle sentit la tristesse l'envahir. New York, la ville de son enfance, de sa jeunesse, celle où elle avait connu l'amour, où elle était devenue femme entre les bras de cet homme qui l'attendait sur un banc de bois... Tout ce bonheur perdu alors qu'elle pensait l'avoir ressuscité, à tort découvrait-elle maintenant que Shari avait parlé de ce que ferait son frère s'il retrouvait Allison Walker...

Elle le rejoignit. Il quitta son banc et prit Rachel dans ses bras.

— Tes longs cheveux blonds me manquent, tu

sais, Allison. Tu es superbe en brune. Mais mon Allison à moi a une chevelure couleur de miel. Et des yeux pervenche où se mire le ciel.

Il se tut un instant, le regard dans le vague, puis reprit :

— Avec mon Allison à moi, nous regardions les enfants sur les chevaux de bois, en pensant à ceux que nous ferions ensemble...

— Tu aimes les enfants. Tu devrais en avoir, Dylan : tu as trente ans.

— Je voulais des enfants de toi, Allison. Et je n'ai pas changé d'avis.

Vraiment ? s'exaspéra-t-elle. Il n'espérait tout de même pas lui faire croire pareille fable ! Mais il ne l'abuserait pas avec de tendres paroles, de douces réminiscences, à présent qu'elle savait que le désir de vengeance grondait en lui. Mais il ne l'assouvirait pas, car elle partirait avant qu'il la renvoie. Tout ce dont elle avait besoin, c'était qu'Howard appelle Gwen. Ensuite, tout irait très vite. La seconde rupture serait encore plus expéditive que la première, et de nouveau de son fait. Il n'aurait pas sa revanche !

— J'étais si pressé de t'épouser, continua Dylan.

— Le mariage était pour toi un but en soi, assez important pour que tu en fasses l'élément moteur du Club, avec ce système d'échanges de rendez-vous.

— Mon idée était assez romantique, et s'est révélée commercialement très lucrative. Mon café ne désemplit pas.

— Pourtant, tu n'y as jamais rencontré l'âme sœur.

Dylan eut l'air soudain agacé.

— Et alors ? Ma vie est bien remplie. J'ai une foule de copains, je joue au basket le jeudi soir,

148

j'invite des demoiselles à dîner et... plus si affinités, j'ai une sœur adorable bien qu'un peu envahissante qui va épouser mon meilleur ami... Que demander de plus à la vie ?

— Eh bien, mais une femme et des enfants à toi...

— Cela ne s'est pas fait, voilà tout. Parce que tu avais cassé quelque chose en moi, quelque chose qui s'appelle la confiance, et laissé intact l'amour que je te portais.

Cet aveu laissa Allison coite un long moment.

— Dylan, balbutia-t-elle quand elle eut recouvré la voix, as-tu jamais songé que c'était une bénédiction que nous ne nous soyons pas mariés à cette époque ? J'étais vraiment immature. Ma mère ne m'avait pas préparée à une vie d'adulte responsable. Tu n'aurais pas été heureux, et peut-être que la bêtise que j'ai commise avec Ted Zane, je l'aurais commise quand même. Il m'a fallu procéder à un long et laborieux travail mental pour devenir enfin une vraie femme, consciente des valeurs. Je ne pouvais effectuer ce travail que seule, après une grosse déconvenue comme celle que m'a infligée Ted.

— Mais tu y es arrivée ? Tu n'es plus une gamine évaporée ? Je pose la question inutilement, d'ailleurs. Il me suffit de te voir avec Rachel, de songer à ce que tu as fait pour cette enfant pour comprendre que tu es très mûre.

— J'ai bien repris les rênes en main. Et toi aussi, me semble-t-il. Même si nous sommes seuls, nous avons su mener notre barque. C'était en fait là-dessus que je tablais en venant te trouver. J'étais certaine que l'homme que tu étais devenu était solide et apte à prendre les responsabilités les plus difficiles. Ce que tu as fait pour moi et Rachel est admirable. Je ne t'en remercierai jamais assez.

Dylan, qui venait de réinstaller Rachel dans la poussette, se redressa pour faire face à Allison et la prendre par les épaules.

— Tu parles de remerciements alors que moi, depuis quelques jours, je ne te parle que d'amour. Qu'est-ce qui t'a soudain troublée, Allison ? Shari a-t-elle mis son grain de sel dans notre histoire ?

Allison hésita. C'était le moment ou jamais de parler.

— Shari pense que tu veux te venger.

A cette révélation, Dylan s'esclaffa de si bon cœur qu'Allison se sentit aussitôt soulagée.

— Shari a dit ça ? Ça ne m'étonne pas. Shari est ma plus fidèle alliée. Celui qui me fait du mal lui en fait à elle. Et elle réagit en femme : les représentantes de ton sexe sont rancunières, ma chérie. Elles ne choisissent jamais l'affrontement mais des moyens détournés pour faire payer leurs dettes à ceux qui se sont mal conduits envers elle. Je ne fonctionne pas comme ça. Avant d'accepter de venir te retrouver à Saint-Benedict, j'ai longuement réfléchi, Allison. Et je n'ai pas trouvé en moi la moindre parcelle de rancune, le moindre désir de vengeance. En revanche, je me méfiais. Mais il m'a suffi de me rapprocher de toi comme cela a été le cas ces jours derniers pour me rendre compte que, comme tu l'as dit, l'ancienne Allison, la gamine écervelée, appartient bel et bien au passé. Et que la nouvelle, celle qui est sortie de sa chrysalide, je peux l'aimer sans crainte d'aller au-devant d'une atroce déconvenue.

Allison sentit ses yeux s'illuminer.

— Alors il n'y aura pas de sanction ? De... vengeance, pour reprendre le terme de Shari ?

Il l'enlaça et la serra contre lui.

— Non, mon amour, il n'y aura rien de la sorte. Seulement des projets d'avenir commun, si tu veux bien les partager avec moi.

— Oh, mon Dieu... Quand je pense que j'ai cru Shari et que j'ai failli...

— Quoi donc ? s'enquit Dylan lorsqu'elle se tut.

— M'enfuir. Te quitter de nouveau avant que tu ne me renvoies.

Il l'étreignit avec tant de force qu'elle en eut le souffle coupé.

— Allison... Mon Allison... Je suis fou de bonheur de t'avoir retrouvée... Crois-tu que je gâcherais la seconde chance qui s'offre à nous ? Ce futur merveilleux qui nous attend ?

Un baiser scella leur réconciliation. Jusqu'au moment où, se détachant brusquement de lui, Allison s'écria :

— Mes lunettes ! J'ai perdu mes lunettes !

— Hein ?

Dylan paraissait abasourdi. Il parlait d'amour, de beaux lendemains, et elle se souciait de ses lunettes ?

— Mais tu n'as aucun besoin de lunettes, Allison.

— Bien sûr que si ! Elles font partie de ma panoplie de camouflage ! Tout le monde croit que je suis myope. Mais si quelqu'un les trouve au Club, on s'apercevra vite que les verres ne sont pas correcteurs, que je ne les porte que pour me dissimuler derrière !

Dylan comprit tout de suite la gravité de la situation : si Allison avait laissé ses lunettes sur le comptoir du Club et si Farley les remarquait, il se poserait fatalement des questions. De même que Tracy.

— Concentre-toi, Allison : quand les as-tu portées pour la dernière fois ?

— Je me souviens de les avoir eues sur le nez lors du service, ce matin, puis j'ai lavé des tasses, et l'eau a éclaboussé les verres. Comme je n'y voyais plus rien, je les ai enlevées et... Oh, Seigneur... laissées sur la paillasse.

Ils accélérèrent le pas, à la grande joie de Rachel qui criait de plaisir, s'imaginant sans doute dans une poussette à réaction. Ils arrivèrent devant le Club, et Dylan scruta la salle à travers la porte vitrée.

— Shari n'est pas là. C'est déjà une chance. En revanche, je vois Farley. Il parle à quelqu'un dans son téléphone cellulaire. Entrons par la porte de service. Tu iras droit dans la salle de repos avec Rachel. N'en sors pas tant que je ne serai pas venu te chercher.

Allison s'éclipsa dès qu'ils furent à l'intérieur du Club, et Dylan se dirigea droit sur Farley.

— Alors ? Encore en chasse ?

— Précisément, non. J'abandonne. Ici, tout au moins, je viens de le faire savoir à mon client. Si Mlle Walker avait dû venir, elle l'aurait déjà fait.

— Eh bien, je suis désolé pour vous, Farley. Peut-être aurez-vous davantage de chance ailleurs. En attendant que vous nous quittiez, que diriez-vous d'un dernier espresso aux frais de la maison ?

Tout en faisant cette proposition, Dylan se traitait *in petto* de sot : pourquoi pousser Farley à rester plus longtemps, compte tenu de la menace qu'il représentait pour Allison ? La réponse était toute bête : il était trop gentil et trop bon commerçant. Il remerciait à sa façon le détective pour toutes les consommations qu'il avait payées pendant ses heures d'attente au Club.

Farley accepta, et Dylan alla préparer les cafés.

Pendant ce temps, Allison s'était subrepticement glissée derrière le comptoir, près des éviers, et regardait éperdument autour d'elle. Elle était courbée sous la paillasse quand la voix de Shari la fit sursauter : ainsi, la sœur de Dylan était là, et venait sans doute de descendre de l'appartement de ce dernier.

— Un problème, Lily ?

— Hein ? Euh... Oui : je ne trouve plus mes lunettes.

— Mmm. La monture était jolie. Si vous les avez oubliées sur le comptoir, il y a, hélas, de grandes chances pour qu'elles aient tenté quelqu'un. Mais sait-on jamais... Un accès d'honnêteté, et la personne qui les a prises les rapportera. D'ailleurs... Oh, la, la ! Des ennuis en perspective !

Allison se redressa, aperçut Gwen McNamara en train de franchir le seuil, et s'amusa intérieurement de la réaction de Shari qui avait toujours le trac devant sa future belle-mère.

— Chère Lily... Magda m'a appelée hier soir. Elle était ravie que vous vous débrouilliez si bien à New York et vous envoie toute son affection.

— C'est vrai ? Oh, ça me fait plaisir d'avoir de ses nouvelles. Est-ce que sa tournée se passe bien ?

— Un succès fou. Des salles combles sur toute la côte Ouest. Mais elle a hâte de rentrer et de vous embrasser. Elle est très soulagée que je m'occupe de vous : New York est une bien grande ville pour une jeune femme seule.

Du coin de l'œil, Allison vit Farley s'approcher. Un mauvais pressentiment s'empara d'elle.

— Madame McNamara ? Je suis Roy Farley. Vous m'avez parlé au téléphone, et je serais heureux que nous discutions maintenant de vive voix.

— D'Allison Walker, c'est cela ? demanda Gwen en usant de ce ton vaguement méprisant qui avait le don de mettre mal à l'aise les gens qu'elle n'appréciait pas.

— Exactement. Vous la connaissiez bien, et...

— Pas du tout. Elle faisait partie de la cohorte d'amis de mon fils, c'est tout. Je ne revois même pas son visage. Alors cessez de m'importuner, monsieur Farley.

Sur ces mots, Gwen tourna ostensiblement le dos au détective et commença à discuter avec Shari des problèmes d'intendance concernant le mariage. Allison, quant à elle, replongea sous la paillasse.

— Bon, puisque je suis indésirable, je m'en vais, annonça Farley à Dylan, le seul qui l'écoutât encore. Mais je passerai cette nuit à New York. Vous avez le numéro de téléphone de mon hôtel. Si par miracle quelque chose se produisait, appelez-moi, monsieur Johnson.

— Je n'y manquerai pas. Au revoir.

Le détective traversa la salle bondée et sortit dans la rue où il fut happé par la foule qui déambulait sur le trottoir en cette heure de sortie des bureaux.

— Bon débarras ! maugréa Dylan en exhalant un profond soupir.

Allison, quant à elle, réapparut, et Gwen s'approcha d'elle pour lui chuchoter :

— J'ai d'excellentes nouvelles. C'est pour cela que je suis venue : Howard Cantor m'a appelée en début d'après-midi.

Instinctivement, Allison joignit les mains.

— Mon Dieu... est-il de retour à Miami ?

— Pas encore. Il fait une halte à San Francisco. Mais nous avons eu le temps de discuter, et je lui ai tout dit.

154

— Tout ?

— Oui, y compris l'immonde comportement de son neveu Marcus...

— Et... comment a-t-il réagi ?

— Il était choqué, outré et manifestement blessé. Eberlué aussi.

— Que souhaite-t-il que je fasse ?

— Que vous ne bougiez pas d'ici, Allison : il sera là dans vingt-quatre heures. Il ne passera pas par Miami. Il viendra directement à New York.

13.

— Ah, le délicieux fumet ! s'extasia Dylan en entrant dans son appartement ce soir-là. Un ragoût de veau à l'ancienne ?

— C'est ça, acquiesça Allison. Comme Rachel s'est endormie tout de suite, sans doute fatiguée par toutes les émotions de sa première journée d'équitation, je me suis mise aux fourneaux.

Dylan s'assit à la table de la cuisine sans retenir un soupir de plaisir.

Dieu que la vie était belle ! se dit-il. Avec la femme qui l'aimait l'attendant à la maison, cuisinant pour lui, et le bébé qui dormait dans son berceau... Evidemment, l'idéal eût été que la femme soit son épouse et l'enfant le sien, mais bon, il fallait ne pas être trop exigeant et se satisfaire de cet avant-goût de paradis.

— Tu crois que Farley est parti pour de bon, Dylan ?

— C'est ce qu'il a dit mais je serais davantage rassuré si j'avais vu son billet d'avion pour la Floride.

— De toute façon, il ne s'envolera que demain matin : rappelle-toi, il t'a laissé le numéro de l'hôtel où il passe sa dernière nuit. Je me demande s'il a trouvé mes lunettes. Parce que, si c'est le cas, il va additionner deux et deux : des lunettes sans correction, ton affection visible pour cette Lily qui vient de débarquer dans ton existence, le bébé qui s'appelle Rachel... Ça fait beaucoup de coïncidences. Si j'étais Farley, ça me mettrait la puce à l'oreille.

— Mais non. A mon avis, il était plus intéressé par le mouvement permanent de clients, le succès de l'urne aux rencontres... Il n'a prêté aucune attention à Lily DuCharme.

— Mmm. Et la réaction de Gwen ? Elle l'a envoyé promener sans y mettre les formes. Comme si elle protégeait Allison Walker.

Dylan se leva et alla enlacer Allison par la taille.

— Tu te fais trop de souci, ma chérie. Howard Cantor sera là demain soir, et tu n'auras plus rien à craindre de Farley.

— Que le ciel t'entende !...

Allison souleva l'oreiller que Dylan avait plaqué sur sa tête.

— Tu peux respirer : la sirène de brume s'est arrêtée.

— C'est vrai ? Bon sang, ces cris ! Quand Mlle Rachel s'y met, c'est quelque chose ! Elle a dû réveiller tout le quartier. Quelle heure est-il ?

— 1 h 30 du matin. La pauvre chérie a été perturbée, aujourd'hui. Son après-midi a été fertile en émotions qui l'ont terrassée dès notre retour. Elle s'est endormie trop tôt, d'un mauvais sommeil.

— Oui, mais maintenant, c'est moi qui ai un mauvais sommeil. Je n'arrive pas à me rendormir. Ne connaîtrais-tu pas un remède, Allison ?

Un sourire mutin se dessina sur le visage de la jeune femme.

158

— Eh bien... Il y a cela...

Elle ôta sa robe de chambre, empruntée à Shari.

— Et cela...

Elle retira sa chemise de nuit.

— Le remède, le voici, dit-elle en offrant à Dylan sa nudité.

Il l'attira contre lui, la faisant tomber sur le lit, avant de la couvrir de baisers.

— J'aime bien ce genre de médecine douce, murmura-t-il en titillant la pointe des seins d'Allison du bout de la langue.

— Je suis un excellent toubib.

Il accéléra le rythme de ses baisers, arrachant à Allison une série de gémissements qui galvanisèrent son excitation. D'un coup, il oublia la fatigue, le manque de sommeil, la perspective d'être épuisé le lendemain matin... Il ne pensait qu'à aimer cette femme qui n'avait jamais quitté son cœur depuis la fin de l'adolescence, à susciter en elle des sensations qui la laissaient pantelante, et à la faire crier de plaisir jusqu'à ce qu'elle repose, comblée, le souffle court, gorgée de bonheur, entre ses bras.

Lorsque leur passion fut apaisée, il était 2 heures passées. Blottie contre le flanc de Dylan, Allison commençait à fermer les yeux quand il l'interrogea :

— Pourquoi ne m'as-tu jamais dit que tu m'aimais ?

Elle fut si longue à répondre qu'il appréhenda ce qu'il allait entendre.

— Parce que, si je te disais que je t'aime, tu me demanderais de laisser partir Rachel avec son grand-père et de rester ici.

— Effectivement. Alors ? M'aimes-tu ?

Elle se serra plus étroitement contre lui.

— Je t'aime, Dylan.

— Alors reste auprès de moi.

— Tu vois ? C'était exactement cette suggestion que j'avais prévue.

— Et alors ? Il est normal que je te demande de ne pas me quitter !

— C'est vrai. Mais tu oublies que Rachel représente bien davantage pour moi qu'un bébé que l'on m'a confié. Je l'élève depuis sa naissance. Et lorsque ses parents sont morts, je me suis sentie plus encore proche d'elle, plus responsable. Je ne peux pas l'abandonner.

— Allison, ce n'est pas le hasard qui nous a remis en présence l'un de l'autre. C'est le destin, à travers Rachel. Cette enfant t'a ramenée à moi. Tu devrais ressentir tout le poids de ce symbole : un avenir s'offre enfin à nous, un avenir où nous aurons nos propres bébés. Même si tu es très attachée à Rachel, tu ne dois pas oublier que t'occuper d'elle est un métier, et non un sacerdoce qui t'obligerait à mettre au rencart toute vie personnelle. Et puis, il y a autre chose : tu as une confiance absolue en Howard. Tu es persuadée qu'il va te croire, qu'il reniera son neveu. Mais as-tu songé un seul instant que peut-être Marcus pourrait le convaincre que toute ton histoire est un mensonge et que tu l'as inventée uniquement pour échapper à l'accusation de vol ?

Allison se redressa sur un coude, soudain glacée.

— Qu'essaies-tu de me dire, Dylan ? Que mes ennuis ne vont pas s'achever demain ? Qu'Howard trahira la foi que j'ai en lui ?

— Chérie, Marcus est de son sang. Tu n'es qu'une étrangère, même si tu t'occupes du bébé depuis huit mois. Du moment qu'il aura récupéré sa petite-fille, et saura qu'elle est vraiment la fille de Brian, Howard aura tendance à minimiser les fautes de Marcus afin de préserver l'union de sa famille.

— Howard n'est pas comme ça. Il...

— Il te croira, d'accord, d'accord ! Et bannira son neveu de sa vie. Et ensuite ? Tu vas consacrer ton existence à cette fillette au lieu de te marier avec moi ?

— Dylan, tout ce que j'attends de toi, c'est un peu de patience. Laisse-moi régler mes difficultés jusqu'au bout. Il faut que je rentre à Miami avec Howard, d'une part pour habituer Rachel à sa nouvelle existence, et d'autre part pour savoir ce que Howard compte faire pour l'avenir de Rachel.

— Et après... ?

— Après... nous aviserons. Je t'aime, je te le répète, mais Rachel est une orpheline. Son grand-père est un homme âgé et très occupé. Je ne vois pas comment il pourrait se charger d'une fillette qui n'a même pas encore neuf mois.

Dylan se laissa retomber sur l'oreiller.

— Tu es trop compliquée pour moi, Allison Walker. Tu l'as toujours été. Je ne te comprends pas. Alors je vais essayer de dormir : demain il fera jour, et j'y verrai peut-être plus clair. Bonsoir.

Et sur ce, il lui tourna le dos après avoir rabattu le drap sur sa tête.

Le lendemain en milieu de matinée, Allison était prête pour l'arrivée d'Howard. Ses menues affaires dans son modeste sac de voyage, et celles flambant neuves de Rachel, dans un luxueux bagage, le tout offert par Gwen.

Dylan œuvrait déjà dans la salle du Club. Il avait pris la fillette avec lui, l'installant comme à l'accoutumée sur sa chaise haute à l'extrémité du comptoir. Lorsque Allison descendit les rejoindre, elle vit Gwen à côté du bébé, lequel paraissait ravi de la présence de cette grand-mère tombée du ciel.

Allison s'approcha.

— Bonjour, madame McNamara. Je ne pensais pas vous trouver ici ce matin.

— Je tenais à être présente pour l'arrivée d'Howard Cantor. Par curiosité... et par prudence. Sa réaction au téléphone hier était très positive, mais sait-on jamais : il s'est peut-être ravisé après avoir parlé à son neveu, et dans ce cas vous aurez besoin d'aide.

— C'est aussi ce que craint Dylan. Il dit qu'il ne faut pas exclure qu'Howard, le coup de colère passé, tente de minimiser le rôle de Marcus en m'accusant de délire paranoïaque, de mauvaise foi ou Dieu sait quoi encore... Mais moi, je suis intimement persuadée qu'Howard ne se trompera pas de cible. Qu'il a déjà compris que j'étais innocente et qu'il reniera son neveu. Et... vous remerciera d'avoir tant contribué à protéger Rachel.

— Alors je serai ravie de le rencontrer enfin. Car je ne l'ai vu que de loin lors de quelques raouts au milieu de centaines de personnes. Il m'a paru très séduisant, et je voudrais m'assurer qu'il est tel que dans mon souvenir.

— Madame McNamara, auriez-vous par hasard quelques projets matrimoniaux en tête ? demanda Allison d'un ton malicieux.

— Ma chère petite, on ne peut rien vous cacher. Je suis veuve et je m'ennuie tellement que je rêve de rencontrer un prince charmant de mon âge.

Allison riait quand Gwen ajouta :

— Mon instinct me dit que cet Howard Cantor et moi, nous sommes faits pour nous entendre. Exactement comme Dylan et vous êtes faits l'un pour l'autre. J'ai déjà en tête l'organisation de votre mariage. J'espère que vous me laisserez le plaisir de m'en charger !

Allison n'eut pas le cœur de dire que ce projet était prématuré.

— Il faut d'abord que je règle tous mes problèmes, madame McNamara.

Dylan étant venu se joindre à elles, Allison se hâta d'annoncer :

— Puisque Farley semble avoir disparu pour de bon, je vais faire un saut à Saint-Benedict pour dire au revoir et merci au père Clausen et à Mary.

— Voulez-vous que je vous accompagne ? proposa Gwen.

— Non, je vous en prie. Attendez donc Howard comme prévu...

Elle alla dans la salle de repos chercher la poussette et y assit la fillette. Dylan la suivit.

— Serais-je moi aussi repoussé si je te demandais de venir avec toi ?

— Non, Dylan, bien sûr que non.

— Merci. Mais... puis-je te donner mon avis ?

— Je t'écoute.

— Il serait préférable de laisser Rachel au Club sous la garde de Gwen. On ne sait jamais : Farley pourrait avoir retardé son départ d'un jour et traîner encore dans le coin... Nous voir aller ensemble avec le bébé au presbytère où tant de gens ont assuré avoir vu Allison Walker déclencherait un signal d'alarme dans sa tête.

A regret, Allison concéda que Dylan avait raison. Elle alla rasseoir le bébé sur la chaise haute, dans la salle, et quitta le Club seule avec Dylan.

Mary ouvrit la porte du presbytère au premier coup de sonnette et leva haut les bras en découvrant ses visiteurs.

— Oh, mon Dieu ! Notre protégée ! En pleine forme ! Et son sauveur ! Entrez, entrez, Allison, Dylan... Père Clausen ! Venez vite.

Sous le coup de l'émotion, Mary parlait si vite qu'elle dut s'interrompre pour reprendre son souffle.

— Allison, reprit-elle, si vous saviez quel souci nous nous sommes fait avec ce détective qui fourrait son nez partout et posait des questions à tous les habitants du quartier ! Nous avons prié tous les jours pour que Dylan vous ait trouvé une bonne... comment dit-on déjà dans les films policiers ? Ah, oui : une bonne couverture !

— Dylan a été parfait, Mary. Exactement comme le père et vous l'aviez prévu.

— Ça, je m'en rends compte à l'œil nu : il a fait de vous une brunette méconnaissable... Mais ce détective, tout de même... Il était bizarre. A aucun instant, il n'a parlé d'un bébé enlevé. Uniquement d'un collier de rubis volé par une employée des Cantor originaire d'ici : Allison Walker. Vous n'avez pas pris ce collier, n'est-ce pas, Allison ?

— Mary, cessez de dire des sottises, lança le père Clausen qui venait d'arriver.

Il serra la main tendue de Dylan et effleura le front d'Allison d'un baiser.

— Où est le bébé ?

— Au Club. En sécurité.

— Père Clausen, Mary, je suis venue vous dire au revoir, dit Allison, et surtout, maintenant qu'elle trouve son épilogue, vous raconter toute l'histoire. Vous m'avez aidée alors que j'ai gardé secrètes les raisons de ma fugue. Pas un instant, vous n'avez douté de mon honnêteté, et je vous en serai éternellement reconnaissante. Mais maintenant, j'estime que vous devez savoir ce qui m'a amenée ici avec ce bébé.

— Venez dans la cuisine. J'ai fait des gaufres pour le petit déjeuner, vous en mangerez bien une ou deux, proposa Mary. Elles ne peuvent rivaliser avec celles que Dylan vend au Club, mais elles sont tout de même bonnes. Vous les aimiez tous les deux quand vous étiez gosses...

Il était midi quand Allison apposa le point final à sa narration. Elle embrassa le prêtre et Mary et, main dans la main avec Dylan, sortit du presbytère. Elle se dirigeait vers la rue quand Dylan la tira sur le côté.

— Attends. J'ai envie d'aller faire un tour au jardin d'enfants.

— Tu plaisantes ? Ne me dis pas qu'à ton âge tu as envie de faire de la balançoire ou glisser sur le toboggan !

— Justement si, mademoiselle Walker, future madame Johnson... Cette aire de jeux est ma madeleine de Proust. Tant de jolis souvenirs y sont reliés, dans ma tête... Je me revois te poussant sur... tiens, parlons comme dans une comédie musicale : sur l'escarpolette.

Arrivé devant le portique, Dylan fit asseoir Allison sur l'une des petites planches maintenues par de longues chaînes.

— Prête, petite fille ?

— Prête ! s'écria Allison en s'élançant.

D'une main puissante, Dylan donna tant d'élan à la balançoire qu'Allison ne tarda pas à crier de plaisir. Ils riaient comme deux gamins insouciants quand Mary sortit en courant du bâtiment.

— Vite, vite ! Rentrez au Club : il y a un problème. Shari vient d'appeler et elle vous demande de vous dépêcher !

14.

Après avoir couru à perdre haleine et zigzagué entre les piétons qui encombraient les trottoirs, Dylan et Allison arrivèrent devant le Club. Ils se figèrent de concert : la porte en était fermée et les grilles descendues. Qu'est-ce que cela signifiait ?

— Entrons par l'arrière, lança Dylan en entraînant Allison.

La porte de service était elle aussi verrouillée, mais Dylan sortit un trousseau de clés de sa poche et ouvrit. Ils pénétrèrent à pas prudents dans la salle de repos vide de tout occupant et s'approchèrent en silence de l'ouverture donnant sur la salle du Club. Aussitôt, ils perçurent les pleurs de Rachel.

Oubliant toute prudence, Allison fonça. Dylan l'imita et s'immobilisa en même temps qu'elle devant le comptoir : Farley se tenait là, à côté d'un homme qui tenait Rachel sans la moindre douceur, et d'une femme dans la trentaine.

Dylan comprit qu'il s'agissait des clients de Farley : Marcus et Nanette Cantor.

Quant à Shari et Gwen, elles étaient assises à une table, pétrifiées, comme si on les avait menacées d'une arme.

Allison fondit sur Marcus qui, du coup, recula.

— Donnez-moi Rachel! intima-t-elle avec la force du désespoir.

— Pas question, ma belle. Vous avez joué et perdu. Dans une heure, nous serons dans un avion pour Miami. Avec cette gosse. Alors ôtez-vous de notre chemin, petite garce!

— Donnez-moi Rachel, répéta Allison, la voix cette fois brisée par les sanglots.

Marcus approcha la fillette des plaques incandescentes de la cuisinière et la maintint au-dessus.

— Un accident est vite arrivé, Walker. Je serais vous, je serais prudente!

— Allison, je vous en supplie, croyez-le! s'écria Gwen. Tout à l'heure, il a approché Rachel de l'un des jets d'eau bouillante du percolateur!

— Vous êtes un monstre, Marcus!

— Un monstre? Comme vous y allez, petite voleuse! Vous serez moins faraude en prison.

— Comment m'avez-vous trouvée? demanda Allison d'un ton désespéré.

— Les empreintes digitales, ma chère, intervint Farley. J'ai demandé à Marcus de me communiquer celles de votre verre à dents, dans votre salle de bains de Miami. Ensuite, tout n'a été qu'un jeu d'enfant : vous avez posé vos doigts partout, au Club. Il m'a suffi de contacter l'un de mes amis au F.B.I. pour qu'il établisse les comparaisons et, bingo! Lily DuCharme était bien Allison Walker, teinte en brune, portant des verres de contact marron, des lunettes teintées... et la soi-disant fille de Jimbo Travis, rousse comme une Irlandaise, était notre kidnappée. Elle aussi passée au shampoing colorant.

— Vous êtes-vous douté de quelque chose depuis le début, Farley? demanda Dylan.

— Plus ou moins. C'est pour cela que j'ai campé si longtemps au Club. J'attendais la réponse de mon copain du F.B.I. Mais quand j'ai eu les lunettes en main... Alors là, j'ai su que la réponse serait positive.

— Tout cela ne date donc que d'hier, conclut Allison, triste à l'idée d'avoir, en égarant ses lunettes, apporté au détective la confirmation qui lui manquait.

— Eh oui. Quand j'ai prétendu avoir téléphoné à mon client pour lui dire que j'abandonnais les recherches sur New York, il ne s'agissait que d'une ruse destinée à vous amener à vous découvrir. Et aujourd'hui, ô merveille, vous êtes partie à l'église Saint-Benedict avec M. Johnson, là où des gens m'avaient dit avoir vu une jeune femme blonde avec un bébé... C'était avant votre métamorphose en brune. J'ai eu des doutes, que vous avez levés en vous rendant auprès du prêtre ce matin.

— Saviez-vous depuis le début que Marcus Cantor cherchait à récupérer Rachel et non le collier de rubis, Farley ? s'enquit Dylan.

— Oui, mais je suis prêt à jurer que je l'ignorais, répliqua le détective avec un ricanement.

Sous le coup de l'abattement, Allison s'était laissée tomber à côté de Gwen sur une chaise. Ce fut alors qu'elle remarqua une marque rouge vif sur le bras de la mère de Garrett.

— Que s'est-il passé, madame McNamara ? Ils vous ont brutalisée ?

— Oui. Je tenais Rachel dans mes bras et ne voulais pas la leur donner. Alors Marcus m'a tordu le bras jusqu'à ce que je lâche.

— Espèce de brute... ! s'indigna Dylan en avançant d'un air menaçant vers Cantor.

Mais aussitôt, celui-ci recula tout en écartant un pan

de sa veste pour montrer le revolver coincé dans sa ceinture.

— Soyez prudent, Johnson, conseilla Farley. Cette arme est à moi, et elle est chargée.

— Marcus, intervint Nanette, partons. A quoi bon perdre du temps en explications ? Nous avons obtenu ce que nous voulions, alors allons-y !

— Tu as raison. Filons d'ici...

Et sur ce, Marcus pivota sur ses talons en direction de la porte arrière. Mais au même instant, Rachel s'agita en poussant un hurlement. Pris au dépourvu, Cantor quitta un instant Dylan des yeux pour regarder la fillette.

L'occasion. Le coup de chance ! pensa Dylan.

En un bond, il fut sur Marcus et lui arracha le revolver. L'autre, les bras bloqués autour du petit corps gigotant du bébé, ne put rien faire.

Aussitôt, Dylan se recula pour tenir en respect les trois lascars, tandis qu'Allison se précipitait pour arracher la fillette à l'oncle indigne.

— Vite, Shari, ouvre le rideau électrique ! ordonna Dylan.

En un éclair, toute la scène qui se déroulait dans le Club fut visible de l'extérieur, où une foule de clients attendait sur le trottoir que les portes de leur café favori daignent s'ouvrir. Shari déverrouilla la serrure, et la première personne qui pénétra dans la salle fut un sexagénaire aux cheveux argentés.

— Howard ! s'écria Marcus d'une voix étranglée.

Nanette se plaça derrière son mari, toute superbe envolée.

— Allison ! Rachel ! Tout va bien... ? s'enquit Howard avant de s'interrompre en voyant le revolver que Dylan braquait sur Marcus et Farley.

— Oui, monsieur Cantor, tout va bien. Depuis quelques secondes tout au moins, dit Allison. Voici Dylan Johnson, celui qui nous a aidées Rachel et moi. Le revolver qu'il tient est celui dont Marcus nous menaçait...

Nanette, qui s'était visiblement reprise, se remit dans l'angle de vision d'Howard.

— Je peux tout expliquer, oncle Howard, dit-elle en souriant. Cette pauvre fille est folle. Elle a kidnappé Rachel. Alors Marcus et moi, nous avons remué ciel et terre pour la retrouver. De plus, elle a abusé de votre confiance. Ecoutez donc ma version, je vous en prie : il y a un terrible malentendu et...

— Me prends-tu pour un imbécile, Nanette ? gronda Howard. Je crois que j'en sais assez pour me faire ma propre opinion.

— Mais non, coupa Dylan. Laissez-la donc parler. Ce sera très instructif.

— Eh bien, oncle Howard, intervint Marcus, ta nurse a volé le collier de rubis que tu avais offert à Nanette et s'est enfuie avec Rachel, persuadée que nous n'oserions pas la prendre en chasse à cause du bébé. Elle a raconté une histoire fumeuse d'enfant que nous voulions faire adopter, mais cette gosse n'est pas ta petite-fille ! Nous avons des tests d'A.D.N. qui le prouvent.

— N'en croyez pas un mot, monsieur Cantor, lança Allison. Ils ont fait des faux. Adressez-vous directement au laboratoire, et vous aurez les véritables résultats ! Rachel est bien la fille de Brian ! Votre héritière directe, et c'est ce qui a poussé Marcus et Nanette à monter cet abominable complot : ils voulaient *vendre* Rachel ! Et faire croire que j'avais volé le collier. Mais ce collier est à Miami, et c'est Nanette elle-même qui l'a caché dans le coffre de sa Rolls !

Nanette accusa le coup, comprenant soudain qu'Allison avait tout entendu de ce qu'ils s'étaient dit sur la terrasse.

Sous le choc, Howard restait silencieux, si attristé par la désillusion que Gwen fut prise de compassion et s'approcha de lui pour le réconforter.

— Je suis Gwen McNamara, monsieur Cantor, dit-elle avec un sourire à faire fondre un iceberg.

Il lui serra la main, distraitement d'abord, puis affectueusement.

— Ravi de vous rencontrer enfin, Gwen. Nous nous sommes vus de loin en maintes occasions, mais j'avais gardé le souvenir de votre charme...

— Merci, Howard... Car je peux vous appeler Howard, n'est-ce pas ?

— Je viens bien de vous appeler Gwen.

— Comme si nous étions de vieux amis...

— Oui. Et je sens que c'est ce que nous allons devenir.

— Non, mais, qu'est-ce que c'est que ça ? éclata Marcus. Un début de flirt entre deux vieux alors que nous sommes en pleine tragédie ? Oncle Howard, Allison ment ! Elle te dupe et...

— La ferme, Marcus, dit Howard en souriant.

— Co... comment ? Mais je suis ton neveu ! Tu ne vas quand même pas croire une étrangère, une employée...

— Si, Marcus. Et sache bien que j'ai honte d'avoir un neveu comme toi, marié à une telle intrigante ! Vous faites un beau couple d'escrocs, de criminels... Vouloir vendre ma petite-fille... Seigneur, quelle ignominie !

— Mais le collier, elle l'a pris, insista Marcus, oubliant manifestement ce que sa femme en avait fait.

— Navré de te décevoir, Marcus, mais j'ai téléphoné à Miami et demandé au mécanicien qui s'occupe de notre parc de voitures d'aller fouiller le coffre de ta Rolls, accompagné d'un policier. Et il a effectivement trouvé le collier sous la roue de secours. Voilà donc qui infirme toute ta théorie. Alors si j'étais toi, Marcus, je me tairais. Certes, je ne veux pas porter plainte pour épargner la réputation des Cantor, mais si tu abuses de ma patience et de ma magnanimité, tu te retrouveras derrière des barreaux, et ta charmante femme aussi...

Voyant que tout était joué, Farley jugea préférable de s'éclipser.

— A qui dois-je envoyer ma note ? demanda-t-il.

— A moi, monsieur, dit Howard. Après tout, c'est grâce à vous, si je sais aujourd'hui ce que vaut mon neveu. Maintenant, filez. Et envoyez-moi votre facture par la poste : je vous ai assez vu. Et toi aussi, Marcus, disparais de ma vue. Et emmène ta femme. Je vous laisse deux jours pour débarrasser la villa de Miami de vos affaires. Mais ne comptez pas emporter autre chose que vos effets personnels : le déménagement se fera sous la surveillance de la police qui est prévenue. Je te répète que je ne porte pas plainte, néanmoins, le shérif est au courant de tout et à la moindre incartade, il te coffrera.

La tête basse, Marcus, Nanette et le détective sortirent en file indienne par la porte arrière. Le Club commençant à se remplir de clients, Shari demanda au groupe d'aller s'installer dans la salle de repos, tandis que Tracy, les yeux écarquillés par la curiosité, consentait à prendre sa place à la caisse.

— Maintenant, j'aimerais bien que l'on me dise la vérité ! s'écria Shari quand tout le monde fut réuni en privé. Rachel n'est pas *la* Rachel de Jimbo ?

— Non, répondit Dylan.

— Elle est la petite-fille de M. Cantor, et Lily DuCharme est... Allison Walker?

— Oui.

— Et ma future belle-mère était partie prenante du complot sans rien m'en dire?

— Oui, avoua Gwen en souriant.

Shari s'approcha d'Allison.

— Pourquoi ne m'as-tu rien dit? Tu aurais pu me faire confiance.

— Shari, nous ne nous sommes pas quittées en très bons termes il y a dix ans, et tu as pris fait et cause, ce qui était normal, pour ton frère. Je craignais ta réaction.

— C'est compréhensible, concéda Shari après un temps de réflexion. Mais puisque tu es revenue et que tu sembles aimer vraiment mon frère maintenant, sache que tu es la bienvenue, Allison.

Elle la serra dans ses bras et l'embrassa sur les deux joues.

— Mariez-vous et fondez une famille : il serait temps. Après tout, vous avez trente ans l'un et l'autre.

— Je n'en ai que vingt-huit, Shari, mais j'ai désormais assez de plomb dans la tête pour comprendre où se trouvent les vraies valeurs de l'existence.

— A la bonne heure! s'écria Howard! Un beau mariage! Me ferez-vous l'honneur de me donner votre bras pour vous conduire à l'autel, Allison?

— Euh... avec joie, monsieur Cantor. Mais dans l'immédiat, mon souci n'est pas d'organiser mon mariage. Rachel...

— Rachel aura un grand-père encore jeune et en forme qui s'occupera d'elle comme un père, Allison. Soyez tranquille. Je vais prendre ma retraite pour me consacrer à cette enfant. Ainsi, je viendrai très souvent à New York, où vous aurez la joie de revoir ma petite-fille chérie... et moi celle de retrouver Gwen...

— Vous êtes sûr de pouvoir assumer l'éducation de Rachel, monsieur Cantor ?

— Sûr et certain. Et lorsque j'aurai besoin de conseils, je vous les demanderai, ainsi qu'à Gwen.

A ces mots, le visage d'Allison s'illumina.

— Dans ce cas, je n'ai plus d'objections. J'avais seulement peur que vous n'embauchiez une autre nurse, ce qui aurait déstabilisé Rachel : elle me connaît depuis sa naissance.

— Elle me connaît aussi, même si je ne m'intéressais guère à elle, persuadé qu'elle n'était qu'une étrangère pour moi. Mais j'ai toujours été gentil avec elle, Allison, vous pouvez en témoigner.

— C'est vrai.

— Je ne vivrai plus désormais que pour elle. Elle aura droit à cent pour cent de mon temps.

— Pas d'autre nurse, alors ?

— Pas de nurse. J'apprendrai à changer des couches... quoique la mémoire revient vite : je me suis beaucoup occupé de Brian quand il était bébé. C'est comme le vélo. Cela ne s'oublie pas.

— Dans ce cas, tout est bien qui finit bien, conclut Gwen en glissant son bras sous celui d'Howard.

— Mon héros..., murmura Allison en se lovant tout contre Dylan.

Les autres s'étant retirés, ils étaient seuls dans la salle de repos.

— Acceptes-tu la demande en mariage de ce héros ?

— Oui, mon amour. Comme ta sœur l'a dit, nous

avons la trentaine. Il n'y a plus de temps à perdre si nous voulons fonder une famille nombreuse.

— Nombreuse ?

— Je suis fille unique, Dylan. J'ai toujours rêvé d'avoir plusieurs enfants.

— Je ne te décevrai pas. Je ferai de mon mieux, je te le promets..., dit-il, accompagnant sa remarque d'un clin d'œil coquin.

— Mais je tiens à ce que tu retrouves la vraie Allison. Je vais donc aller chez Gwen et la prier de me rendre mon aspect originel : son coiffeur viendra me restituer mes cheveux blonds. Quant aux lentilles noires, je n'ai besoin de personne pour les enlever.

— Ni pour te laver la figure. Ce fond de teint ne convient pas à une blonde aux yeux bleus.

— Ça, ce sera vite fait : un coup de gant de toilette, et il n'y paraîtra plus.

Elle s'éloignait déjà vers l'escalier conduisant à l'appartement quand Dylan la rappela.

— Allison, n'oublie pas d'effacer ce rouge à lèvres carmin. Je veux pouvoir t'embrasser sans devoir me débarbouiller après !

15.

En ce mois de mars, Allison rentrait d'un séjour à Miami, si radieuse que, derrière sa caisse, Dylan la regarda traverser la salle, subjugué par sa blondeur, sa beauté et sa grâce.

Tant et si bien que, la tête ailleurs, il rendit la monnaie sur dix dollars à un client qui lui avait donné un billet de cent.

— Hé, Dylan, tu deviens escroc, ou quoi ? s'indigna ce dernier, un ancien condisciple de collège, Bill Martin, qui revenait au Club chaque fois que sa profession l'envoyait dans le quartier.

Dylan rectifia son erreur et reporta le regard sur Allison qui approchait.

— Hé, mais je te connais, toi ! s'écria Bill. Tu es Allison Walker ! Tu te souviens de moi ? Bill Martin.

— Oh, oui ! Tu m'aidais à faire mes devoirs d'algèbre.

— Exact. Et j'étais fou amoureux de toi. Tu étais la plus jolie fille de l'école, mais tu n'avais d'yeux que pour Dylan. A l'époque, tu sortais avec ce voyou qui vient d'essayer de me faucher cent dollars, s'exclama Billy en éclatant de rire.

— Le passé est redevenu le présent, Bill, intervint Dylan. Allison et moi, nous allons nous marier.

— Vous marier ? Ah, ben, ça alors, pour une nouvelle, c'en est une. Mais pourquoi avoir tant attendu ? Où étais-tu pendant toutes ces années, Allison ? On ne t'avait jamais revue dans le coin.

— Ici et là, mais principalement en Floride, d'où je ramène d'ailleurs une surprise pour Dylan...

La porte du Club s'était ouverte, livrant passage à Howard Cantor, Gwen et Rachel, qui trônait dans une superbe poussette.

Dès qu'il les vit, Dylan contourna le comptoir et se précipita vers le bébé, qu'il embrassa tout en lui répétant :

— Pa-pa... Tu te rappelles, ma chérie ? Je suis Pa-pa...

— Mais oui, Dylan, elle se rappelle, lança la voix claire de Gwen McNamara. Elle parle toujours de son Pa-pa et de sa La-la.

— Gwen. Ravi de vous revoir, répondit Dylan en posant la main sur l'épaule de la pétulante sexagénaire. Vous êtes resplendissante.

— La perspective de devenir bientôt grand-mère me rajeunit, à l'inverse des autres femmes. J'ai hâte que Garrett et Shari aient leur bébé. Et puis il y a Rachel qui m'oblige à m'occuper d'un enfant comme si j'étais une juvénile maman. J'avoue que c'est plutôt épuisant... Heureusement, Howard me seconde admirablement. Quoique, quand Rachel fait ses petites crises sur le coup de 3 heures du matin, le lendemain, nous sommes à ramasser à la petite cuillère.

Dylan hocha la tête. Il se rappelait les nuits blanches qui faisaient de lui un zombie au matin. Mais peu à peu, il s'était habitué, et avait appris à se rendormir dès que Rachel se calmait.

— Où allez-vous vous installer à New York, Howard, maintenant que vous avez vendu la villa de Miami ?

Howard Cantor rougit comme un gamin.

— Eh bien... Chez Gwen. Elle a une maison immense et d'un goût exquis. Pourquoi chercher ailleurs ? Nous allons nous marier et savourer notre état de grands-parents. A ce propos, nous avons longuement réfléchi, Gwen et moi. Nous avons l'air bien fringants, mais soyons lucides : à soixante ans, nous sommes des aïeux. Pas des parents. Pour l'instant, avec Rachel, cela peut encore aller, mais qu'adviendra-t-il quand cette petite aura vingt ans ? Elle souffrira de vivre avec des vieux de quatre-vingts ans... Le décalage de générations sera alors bien lourd pour elle. Alors, voilà... Allison, Dylan, si vous êtes d'accord, je vous propose non une adoption plénière de Rachel, qui reste ma petite-fille, l'héritière des Cantor, mais une tutelle complète. Qu'en pensez-vous ?

Face au silence des deux jeunes gens, Howard ajouta :

— Elle serait l'aînée de vos futurs enfants...

Les yeux d'Allison se mouillèrent de larmes.

— Oh, Howard, rien ne pourrait me rendre plus heureuse que de prendre définitivement en charge Rachel... si Dylan n'y voit pas d'inconvénient.

— Pas le moindre. Ainsi, nous gagnerons du temps. Comme l'a fait remarquer Howard, nous aurons déjà l'aînée de nos enfants avant d'en avoir mis un seul au monde. A trente ans, c'est un gain appréciable.

Allison se précipita dans les bras de Dylan, lequel de son côté enlaça Gwen par les épaules, elle-même

enserrant la taille d'Howard. Et tous quatre entou-
rèrent Rachel qui pépiait de joie.

— Bienvenue dans la grande famille que nous
allons former, bébé, dit Dylan, la voix cassée par
l'émotion.

Le nouveau visage
de la collection Or

◆

AMOURS D'AUJOURD'HUI

Afin de mieux exprimer sa modernité et de vous séduire encore davantage, votre collection Or a changé de couverture et de nom depuis le 1er mars 1995.

Rassurez-vous, les romans, eux, ne changent pas, et vous pourrez retrouver dans la collection **Amours d'Aujourd'hui** tous vos auteurs préférés.

Comme chaque mois, en effet, vous y attendent des héros d'aujourd'hui, aux prises avec des passions fortes et des situations difficiles...

COLLECTION
AMOURS D'AUJOURD'HUI :
Quand l'amour guérit des blessures de la vie...

Chère lectrice,

Vous nous êtes fidèle depuis longtemps?
Vous venez de faire notre connaissance?

C'est pour votre plaisir que nous avons
imaginé un rendez-vous chaque mois
avec vos auteurs préférés, vos
AUTEURS VEDETTE dans les
collections Azur et Horizon.

Les **AUTEURS VEDETTE** vous
donneront rendez-vous pour de
nouveaux livres vedette.

Pour les reconnaître, cherchez
l'étoile... Elle vous guidera!

Éditions Harlequin

HARLEQUIN

LE FORUM DES LECTEURS ET LECTRICES

CHERS(ES) LECTEURS ET LECTRICES,

VOUS NOUS ETES FIDÈLES DEPUIS LONGTEMPS?

VOUS VENEZ DE FAIRE NOTRE CONNAISSANCE?

SI VOUS AVEZ DES COMMENTAIRES, DES CRITIQUES À
FORMULER, DES SUGGESTIONS À OFFRIR, N'HÉSITEZ
PAS… ÉCRIVEZ-NOUS À:

LES ENTERPRISES HARLEQUIN LTÉE.
498 RUE ODILE
FABREVILLE, LAVAL, QUÉBEC.
H7R 5X1

C'EST AVEC VOS PRÉCIEUX COMMENTAIRES QUE NOUS
ALLONS POUVOIR MIEUX VOUS SERVIR.

DE PLUS, SI VOUS DÉSIREZ RECEVOIR UNE OU
PLUSIEURS DE VOS SÉRIES HARLEQUIN PRÉFÉRÉE(S)
À VOTRE DOMICILE, NE TARDEZ PAS À CONTACTER LE
SERVICE D'ABONNEMENT; EN APPELANT AU
(514) 875-4444 (RÉGION DE MONTRÉAL) OU 1-800-667-4444
(EXTÉRIEUR DE MONTRÉAL) OU TÉLÉCOPIEUR
(514) 523-4444 OU COURRIER ELECTRONIQUE:
AQCOURRIER@ABONNEMENT.QC.CA OU EN ÉCRIVANT À:

ABONNEMENT QUÉBEC
525 RUE LOUIS-PASTEUR
BOUCHERVILLE, QUÉBEC
J4B 8E7

MERCI, À L'AVANCE, DE VOTRE COOPÉRATION.

BONNE LECTURE.

HARLEQUIN.

VOTRE PASSEPORT POUR LE MONDE DE L'AMOUR.

COLLECTION HORIZON

Des histoires d'amour romantiques qui vous mènent au bout du monde!

Découvrez la passion et les vives émotions qu'apportent à la Collection Horizon des auteurs de renommée internationale!

Captivantes, voire irrésistibles, ces histoires d'amour vous iront assurément droit au coeur.

Surveillez nos quatre nouveaux titres chaque mois!

GEN-H

Composé sur le serveur d'Euronumérique, à Montrouge
par les Éditions Harlequin
Achevé d'imprimer en août 2001

BUSSIÈRE

GROUPE CPI

à Saint-Amand-Montrond (Cher)
Dépôt légal : septembre 2001
N° d'imprimeur : 14179 — N° d'éditeur : 8941

Imprimé en France